像世界一样古老的生活

Our Shining Souls

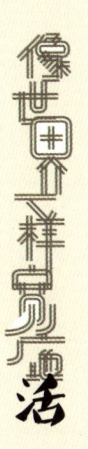

曹颋 著

人民文学出版社

图书在版编目（CIP）数据

像世界一样宽广地活 / 曹顿著 .—北京：人民文学出版社，2017
ISBN 978-7-02-013307-9

Ⅰ.①像… Ⅱ.①曹… Ⅲ.①散文集—中国—当代 Ⅳ.①I267

中国版本图书馆 CIP 数据核字（2017）第 213490 号

责任编辑　赵　萍　李　宇
装帧设计　陶　雷
责任印制　苏文强

出版发行　人民文学出版社
社　　址　北京市朝内大街 166 号
邮政编码　100705
网　　址　http://www.rw-cn.com

印　　刷　天津千鹤文化传播有限公司
经　　销　全国新华书店等

字　　数　114 千字
开　　本　880 毫米 ×1230 毫米　1/32
印　　张　7.875
版　　次　2018 年 1 月北京第 1 版
印　　次　2018 年 1 月第 1 次印刷

书　　号　978-7-02-013307-9
定　　价　45.00 元

如有印装质量问题，请与本社图书销售中心调换。电话：010-65233595

目录

自序

有趣的人生刚刚开始 \ 1

Part 1
是终点也是起点

悟空的猴毛 / 2

一对珍珠耳环 / 8

与美貌无关 / 14

时光倒流 / 20

理想是道数学题 / 25

不常见面的爸爸 / 32

背对命运 / 37

再·见 / 44

Part 2
即使一切终将退去

寂寞的堡垒 / 107
对不起，我没有名片 / 102
最好的教育，不用走后门 / 96
归去异乡 / 88
正义与正确 / 80
公转自转 / 75
藏在西装里的枪 / 66
迷失世界 / 62
中国素质与美国修养 / 58
走进联合国 / 50

Part 3
感谢城市有微光

有暖气的地方 / 174
小火焰 / 160
灵魂美味 / 155
寻他千百度 / 149
地下歌声 / 144
南柯一梦 / 137
圣诞老公公是黑人 / 131
不老的金山 / 126
德昌 / 120
住下来的游客 / 114

Part 4
刚好站在阳光里

只爱你百分之五十 / 180
梅妈的绿豆汤 / 187
智服处女座 / 192
糊涂一点做母亲 / 200
另一种眼泪 / 207
没有一天不想你 / 211
致友情 / 216
刚好站在阳光里 / 223

后记
不太好的好运 \ 233

自 序

**有趣的人生
　　　刚刚开始**

& deli

坐在便利店里,我买了一瓶酸奶,望着窗外人来人往。此刻正是放学的钟点,黄色的校车闪着警示灯一辆又一辆接踵而至。门一打开,孩子们像放飞的鸟群,瞬间涌向了我所在的小店。上幼儿园的小男孩好奇地摸着货架上的每一种零食,高年级的小学生轻车熟路地买一盒炸酱面,加热好了在我身旁坐下,吭哧吭哧吃得香。

我的孩子们还没来,于是我掏出随身带的笔记本开始写作,就在那摆着几罐番茄汁油腻腻的小桌上。不时有孩子走过来抽出我左手边的抽屉拿走吸管和塑料勺,一位满头是汗的快递员站在我背后吃关东煮。带着小孩的老太太经过,对孙女说,你看这个姐姐在写作业呢,她在做什么呀?

我转过身来笑一笑,在写东西喽。

这本书的大部分稿子,就是这样写完的。

当然,我渴望有一间宽阔静谧的书斋,屋内微风拂面,窗外绿树成荫,桌上的郁金香刚刚张开,唱机里播放着玛祖卡舞曲。孩子不闹,手机不响,白日只需伏案,夜里一杯睡倒。

可惜此情此景从来就没出现过。

说来奇怪，渐渐地我已不想让它出现。

我不再需要大段留白的时间酝酿灵感，也不需要音乐来隔绝周围的家长里短和急冲冲的汽车喇叭。芭蕾舞教室外的长凳，火车座椅后的小桌板，候机厅里的麦当劳，它们全都成为了最好的书房。

我回忆起2013年的夏天。有天我对妈妈说，我还想带着孩子一起去美国读书，你能不能帮我？她眼睛也没眨一下，点点头。一晃眼，读书，实习，生活，两年很快过去。

毕业以后，我们从纽约回到了中国。2016年我们一共搬了三次家。让我印象最深刻的不是那场期盼已久的典礼，而是一次又一次把洗发水从浴室架子上拿下来放进白色收纳盒，然后捧着它坐上车，再放到另一个一模一样的架子上。

他们都说我是个爱折腾的人。

许多人问我，为什么？为什么三十多岁了去读书，为什么在事业小成的时候去读书，为什么有了孩子还去读书，为什么敢把丈夫留在国内去读书……即使在纽约这样一个无奇不有的都会，人们也会讶异于这样的举动，他们会悄悄查看我的家庭信息表，率直的人会问，Are you still married?

是的，对女性来说，无论社会角色多么成功，我们仍须兢兢业业经营私人生活，方能避免被一股巨大的惋惜之情所淹没：可惜没有稳定男友，可惜孩子没什么出息，可惜丈夫在外已有他人，可惜最后孑然一身……

如果你在乎这些声音，那么一切都是可预期的。而我喜欢开放式的结局，我不想为了守住眼前的一寸而放弃身后的广阔。

那么，两年求学，我得到了什么呢？

很奇怪，从来没有人问过我这个问题。真的，一个都没有。

这不是一目了然嘛，他们说，你拿了个名牌学位，小孩过了语言关，一举两得。

的确，这是实实在在的永远不会消失的收益。不过我想大家也知道，天上没有白掉的馅饼。我付出了一些代价，学费，脱发，缺觉，以及，不再天真。只有最后一项偶尔让我惆怅，但也属于预料之中。

可是，我却在这里得到了生命中最有价值的体验。这所位于闹市中心浅窄挤迫的校园，为我打开了无限的思考空间，让我看到了生活的各种可能。如果说三十岁之前，折腾是为了好玩，那么从现在开始，则是让这个世界变得更加有趣。

这本书也许是一个女性关于自我的励志故事，但我不想成为你的榜样，或者教你什么道理。这是一段属于我的旅程，我在走，你在看，我只是想让你看得更清楚一些，却不是在催促你更努力地追求。自我乃是这世上最宝贵然而却碍事的家伙，时刻为它大张旗鼓地呐喊，并不会成为你的现实武器。应随时准备弃之如敝履，方有获得尊严的可能。

我所希望的,是无论你身在何处,永远有改变现状的选择;是不管你曾获得多少勋章,始终有勇气面对自己的真相。

感谢我的丈夫,他总是对孩子说,你们的妈妈是我最重要的投资,她的未来和你们一样宽广。

是的,希望每一个人都能像这世界一样宽广地活。

Part I

是**终点**
　也是**起点**

悟空的猴毛

自从有了孩子以后,我听到最多的一句话是什么呢?

"真看不出来!"

这句话,几乎成了初次见面的问候语。

看不出我结婚了。看不出我有三十岁。看不出生过两个孩子。看不出我的小孩即将升入三年级。如今混迹在大学校园里,这些看不出又加上了一连串的惊叹号。

是啊,儿女双全尽然是天赐的收获,可裤子自此要买大两个尺码不免引人唏嘘,而我已近两个月没有吃过任何带淀粉的晚餐。全年无休地养育小孩当然是可贵的体力劳动,但如若次日早晨鞋脱袜甩地跑进教室,同学们定会投来同情的眼神。而论文如迟交一天,教授就要问话,要不要考虑暂时休学?

"看不出来"之后,紧接着的另一句总是:"呵,真辛苦!"

是啊，每天我早晨八点半送走孩子以后返校或去实习，晚间七八点回家。往返路途大概一个半小时，破旧的地铁里没信号，让我可以一目十行地浏览课本。妈妈不太懂英语，我放学后要顺便买菜，鸡鸭鱼肉装了满满一个书包，常常把肩膀勒出两道红印。晚上回家后先给孩子们洗澡，此时的他们必然发表浴缸演说，这是我获悉重大八卦的主要渠道。吃过饭以后辅导儿子功课，回复学校的信件，然后和大家聊聊天，给孩子们讲一小段故事。晚上九点半大家入睡，家里才安静下来，我开始学习，直到十二点半休息。周六我一定和妈妈、孩子们在一起，纽约有丰富的活动和演出，我会提前安排好，周日则总一个人在东亚图书馆的窗边度过。

自然也会有兵荒马乱的时候，比如厨房漏水，妈妈身体抱恙，偏偏明天又要考试，实在希望能像孙悟空一样，拔下一撮猴毛一吹，即有无数救兵出现。

但大多数时候，并不像大家想的那么辛苦。

每个成年人都肩负多重角色。在母亲、女儿、妻子、学生、员工几种身份间来回切换是件极有趣味的事，我得以站在不同的角度了解了一个真实世界的方方面面。我们就像一台变频空调，灵活地转换模式，而不至于深陷于一种单调的生活之中。

去年夏天飞往肯尼迪机场的时候，在廊桥上看到一句广告，教育是你最明智的投资。

在大多数人眼中，教育是成功的必经之路，是跨越社会阶层的捷径。人们期望通过不断获取更高的学历，而得到更高的收入和更高质量的人际圈子。

这自然不是免费。拿哥伦比亚大学来说，一张硕士文凭约要价十万美金。

那么，对年过三十的我来说，这又算什么呢？

最初级的投资者都懂得投得越早，回报越大。反过来，就像保险公司信奉的原则，年纪越大，代价越高。带着一家老小在曼哈顿求学，花费的是年轻留学生的数倍不止。可常春藤的名号在我身上却并不能套现多少。我并不相信坐在教室里可以学会募集资金，管理团队，或者改变世界。

然而，我在这里得到了生命中最有价值的体验。这所不大的校园，为我打开了无限的思考空间。

哈，思考！对一个有丈夫有孩子的女人来说，这应该是待办事项上的最后一条吧。最要紧的应该是产后瘦身、皮肤保养、投资理财、相夫教子，以及继续维持着那些"看不出来"的一切啊。每天谈政治体制、社会问题和自我局限，对一个女人来说有什么实际意义？

即使在纽约这样一个无奇不有的都会，人们也会讶异于这样的举动。他们会悄悄查看我的家庭信息表。也有率直的人会问，Are you still married？朋友曾半开玩笑道，你一定中途就要跑回家救火，不如还是免了来回机票，捡了芝麻却丢了西瓜的蠢事不宜做。

整个社会似乎在告诉女性，家庭是一枚我们万万不能打烂的西瓜，所有好名声都要由它来保底。一定年纪了无名指上不见婚戒就要做打折处理，结婚以后没有孩子的人最好远离高中同学聚会。如果成了单亲妈妈，胸前佩戴的小红花便要默默摘下来。总之，我须兢兢业业地保管我的家庭，方能避免自己被一股巨大的惋惜之情所淹没。

我并不对此感到愤愤。恰恰相反，我倒感谢这种偏见，这让我直至今天才意识到男女有别。

自小我就和男孩子一起读书，一起打球，我们一起翻墙逃学，一起淋着夏天的大雨,欣赏迷你裙下的长腿。我不懂娇羞,不懂矜持,也没有爱情的苦恼,我总是率先表白的那个,也是决然离去的那个。

父母给了我一个男女难辨的名字,从未教过我如何使用女性魅力。妈妈虽然与爸爸不欢而散,也未曾说过男人的什么坏话。

对我来说,男女不过都是人。男人是爱人、朋友、伙伴、兄弟。我与他们平起平坐,互相守望。我支持他们,得到他们的尊重而不是宠爱。我照顾他们,得到他们的是关怀而不是保护。

在我的父母心中,也并未因我已嫁作人妇而放任自流。在我丈夫眼里,我的价值永远高于子女。我没有因为穿裙子而得到过一份工作,也没有因此而少熬过一个通宵。我对男性的力量浑然不觉。他们从未与我作对,妨碍我的自由。

但悟空总有一天会从五指山下跳将出来大显神通,却不是每个女性都有大圣的机会和能力。我曾经以为任谁都能改写人生,现在看来不过是冷酷无情的纸上谈兵。扭转乾坤不是神迹,亦绝非念几句咒语便能奏效。我们均是肉体凡胎,每日为生计繁忙。既没有大闹天宫的胆量,更没有七十二变的神通。

但请不要忘记自己!

记得自己的强健，更记得自己的脆弱。那些藏在自信下面的自卑，躲在善良背后的虚伪，在这些连自己都快要忘记的致命要害里，站着最勇敢的自我。

一对珍珠耳环

一日早晨,远在北京的朋友发来一条短讯,说有位女友打算只身前来纽约游玩,我若有空可以认识一下。我想独自一人在这陌生都市里逛荡多少会有些寂寞,彼时又是寒冬,不如约出来喝杯温酒。我俩在我家附近一家法国餐吧见面,点了一盆煮青口,里头放些咸肉,配白酒味道很不错。三两老人坐在旁边独酌,有位老先生干脆坐着扯起了呼噜。

她回京前我们又见了一面,坐在电影院门口的长椅上,她忽然从耳朵上摘下来两枚耳环递到我手里道:"给你。"

我一时说不出话来。初次见面时她便戴着这珍珠耳环,当时我说好看,没想她今天却要送我。

"拿着!"

"不用了吧……你一直戴着的。"

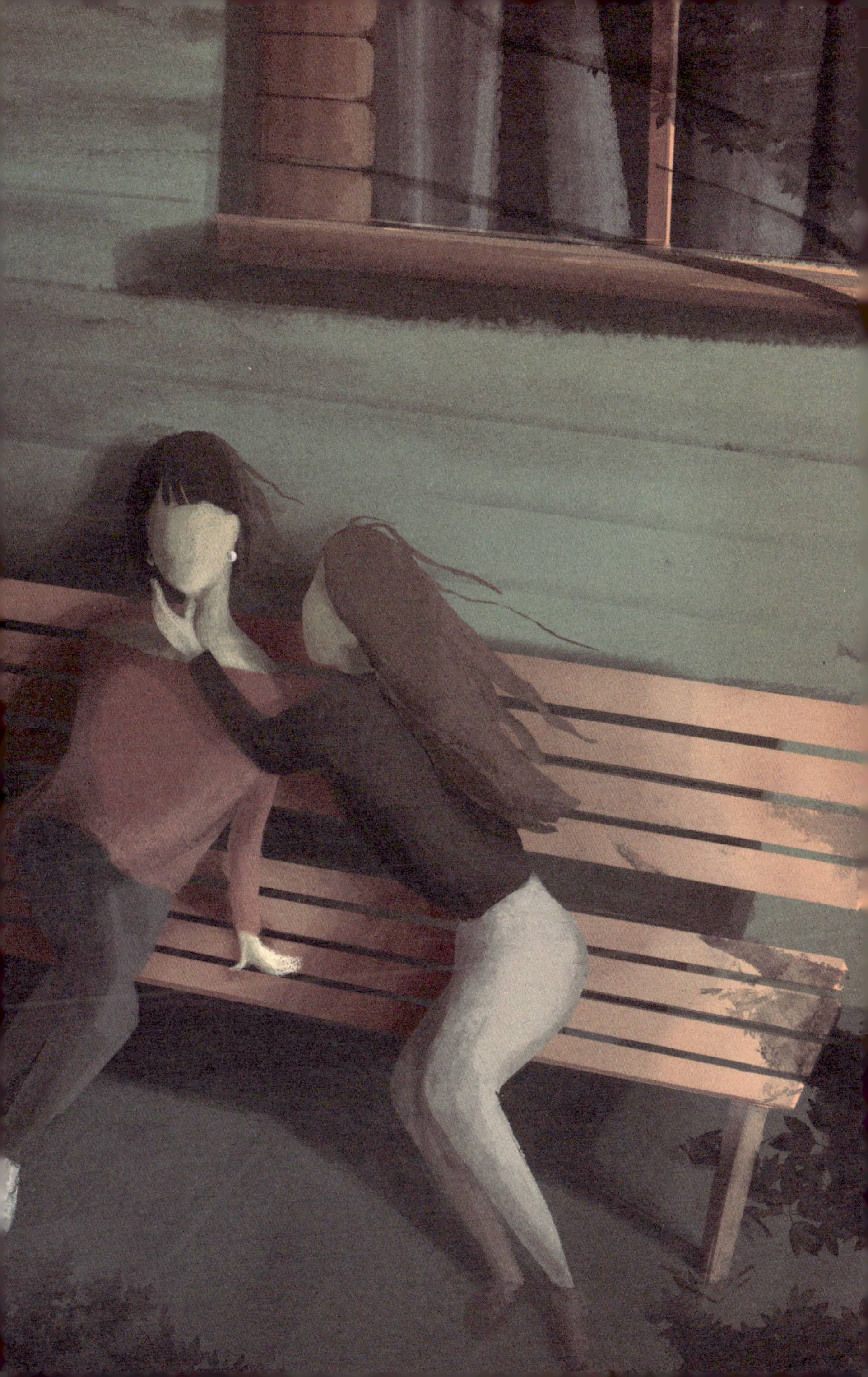

"没关系。戴上给我看看。"她很坚持。

我不常戴首饰，笨拙地摸着耳洞。总算戴好了。

"好看吗？"我把头发拢起来给她看。

"嗯，真好。"

深夜十一点钟我们从电影院走出来，外面下着雨。她挥挥手，走了。

我回到家，把耳环摘下来放在手心里看了一会儿。这是她早年自个儿配的两枚珍珠，大小略不同，颜色也有差异，一颗纯白色，一颗则带点轻微的粉。我用软布擦拭干净，放进了一只小小的绣花锦囊里。

我感到有点后悔，当时就这么稀里糊涂戴上，而忘记向她郑重道谢。

面对这些不期而来的热情，我总是出于某种客气的腼腆而难以恰当地表达感激。用数字了结的雇佣关系倒是让人更自在些。相较欠下一屁股高利息的人情债，直截了当的买卖不仅划算，而且似乎更加体面。

我实在没有想到，在纽约这样一个用钱甚至能买下天空的地方，自己却收起了支票簿，而把母亲拉来作后援。这真是有点自打耳光。

"寄人篱下"的生活并不怎么舒坦。比起餐餐都有新花样的专业人员,我妈端上来的每道菜都让人对世界绝望。昔日我会打印一周的菜谱交给阿姨,可如今我妈可能会把打印机丢到我脸上。以前桌上摆的是鲜花和熏香,如今却变成了一堆莫名其妙的空瓶子。孩子们也不得不从头学起,从最容易的挤牙膏开始,然后是穿衣、扫地、叠被子,还要负责丢垃圾。

一天晚间回来,不知为何突然累极,我全身瘫软倒在沙发上睡去。朦胧之中好像是女儿抱来了她的小枕头垫在脖子底下,还为我盖上了毛绒绒的毯子。她哥哥伏在耳边,给了我一个轻不可闻的吻。即便如此,我起身的第一句话仍然是:"哥哥你又尿到马桶外面了!把它擦干净!记得洗手!"

育儿书里教的"慈母标准动作"早被我忘到了九霄云外。如今我心中的高质量陪伴就是吃饭的时候所有人闭嘴。然后孩子们会异口同声问我:"闭上嘴要怎么吃饭啦?"

"用牙吃。"

"像河马那样啊?"

"闭嘴。"

在漫无边际的回忆里,那些闪闪发光、永不泯灭的片段并不是这些。

是结婚典礼那一日的鲜花和礼服,让我们熬过婚姻中无光的时刻;是走上讲台接过毕业证书的那三十秒钟,让几百个不眠之夜变得微不足道;是孩子离家的那个早晨,父母失去的一切都得到了偿还。这些华丽的短暂,让我们不至在平庸中窒息,也给不计其数的黑白记忆涂上了色彩。没有人在乎刷牙、倒垃圾、挤地铁、吃快餐、买菜……这些海量、重复、无用的记忆垃圾。当我们在做这些的时候,我们几乎总在想更重要的事情。这些记忆在被创造的瞬间就被遗弃,我们想要给脑子留下足够的空间存放更完美、更辉煌,更让我们感动的东西。

过去这两年里,我埋没在日复一日的起床睡觉,还有对小孩的催促与絮叨之中,而未留下任何值得炫耀而挂在墙上的奖状。但是,从送走祖父那一刻开始,恢弘叙事已变得无关紧要。

某个晚上我给儿子关上灯盖好被子以后,坐在床边发呆。黑暗中传来他的声音:"妈妈,你在哭吗?"

我惊讶地转过身来问:"你怎么知道妈妈在哭?"

"因为太爷爷去世那天早晨你也是这样坐着不动。"

孩子们并不了解离别。

第二天清早,我在床上侧耳听他收拾书包。他还是一如既往的磨磨蹭蹭,经过我的房间时,脚步突然停了下来。只听得他对着紧闭的房门轻轻吻了一下,小声地说:"妈妈拜拜。"

在我接管他们的吃喝拉撒以前,在我们保持着客气而友好的教科书式母子关系的时候,我没有得到过这个吻。

随着他们的成熟,我知道我们的交集只会越来越少。我们不再有那么多合影,不再一起旅行,我不再出现在他们的重要时刻。他们日后记得起的温馨画面连起来也未必比一条广告更长。

这并没什么。

他们多半会越来越不把我当回事,不再给我亲吻,而只会送我白眼。"跟你说了也不懂!"他们会这样想——就像我以前一样。

这也没什么。

我更喜欢看他们不好好吃饭,在地上乱爬,而我妈在旁边张牙舞爪。这些才是最宝贵的回忆。

我依旧喝酒,照常谈笑。这是过日子该有的模样。

与美貌无关

"颜值",这个近两年新创造出来的词,我觉得很有意思,它把美貌变成了如空气质量指数一样可以量化的名词。男女对容貌喜好之大相径庭,常因一句"她很漂亮"而点燃战火,但"颜值高"三字却甚有权威,好像由中华颜值协会这种"专业机构"认证过一样。

在这个词出现以前,漂亮只是一种天赋。但在"颜值"面前,不仅要和别人争出个胜负,还需与曾经的自己来竞争,以至于维持美貌,也逐渐发展成了一个明知不可为而为之的职业。

小时候一位同班同学,五六岁的年纪已出落得十分标致,浓眉大眼,睫毛长长,鼻梁高高,头发带些自然卷,像混血儿。每逢大型活动或领导到访,学校总是安排她跳舞和接待。她穿着老师买的红裙子和黑皮鞋,涂着唇膏,头发上还抹了些亮晶晶的啫喱。我们远远看着,心里无比羡慕。可当她换回普通的衣服坐在教室里跟大家一起上课，却没有人跟她一起上学，一起逛文具店，甚至连追求的男孩也无。

我妈妈也是个美人。她在部队工作，一不化妆，二不能穿时髦的便服，可仍然美得厉害，鹅蛋脸上一双眼睛楚楚动人。她登上过杂志的封面，据说当年曾有许多显赫的追求者。我自小见男士们围绕在她周围，为已嫁作他人妇的美女鞍前马后。但我从未见过妈妈像她的妹妹们那样，有一群女朋友相约打打麻将，闲时出去郊游，或在伤心的深夜捧着电话倾诉流泪。

而我小时候比较像爸爸，跟漂亮二字不沾边，直至他们离婚后跟妈妈住，才渐渐随了她的相貌，也算因祸得福。第一次听人叫我"美女"是大学一年级，彼时刚学会化妆，特地从日本买来原装资生堂粉底液，厚厚抹上一层，白得像艺伎的脸。走回宿舍的路上，一名男生跑到我面前定睛观瞧，然后撇撇嘴走开了，他说："什么美女，妆化得浓而已！"

这句算不上赞美的话，从此打开了我曾经只能远远羡慕的那个漂亮世界。

亦舒小说的女主角，总是那穿着白衬衫卡其裤，像周天娜一样美艳却不自知的可人儿。然而在真实世界里，并不存在不知自己长得好看的人。你走在街上，异性流连忘返的目光会告诉你；你坐在美发店里，同性凌厉的打量也会告诉你。你常被拱到台前去做镁光灯下的主角，而只要你开口，很少会被人拒绝。广告也很早就开始教育：这双难得的长腿应该套上 Dior 的皮靴；白皙而优美的脖子上，除了持续不断涂抹 La Mer，又怎能缺少一颗饱满动人的祖母绿。

凡事都有捷径，美貌是最简便的一种，没有人会傻到不去利用，错过这来之不易而又转瞬即逝的风华。头脑好的人，想不明白为何只需把摄像头对准胸口，即可收获昂贵虚拟跑车。

美貌所带来的真正唯一烦恼，只是如何能够更美——如果这也算烦恼的话。而这欲望一步一步，渐渐把人带向旁若无人的深处——我所关心的，不是站在我面前的你，甚至也不是我自己，只是你眼中的我而已。

幸好，我并没有好看到可以赚生活的水平，也没有天生丽质到用肥皂洗脸就能沉鱼落雁的地步，因此只好努力工作。当销售人员拍着桌子质问我"这东西怎么卖得掉"的时候，照镜子实属浪费时间。至于家中沉默寡言的丈夫和连续发烧的幼儿，更像是不断迎面而来的耳光，让我只有招架之功，哪还顾得上叫唤"不要打脸！"。

来到纽约以后，我终于彻底与"美女"脱了干系。再没有男士深夜拿着香槟在楼下守候，二十斤大米徒手抬上三楼也无需帮忙。寒冬的早晨，我只记得把孩子们里三层外三层裹好，牵着他们在及膝深的大雪中跋涉上学，而不再烦恼雪上的狗尿会不会弄脏新买的长靴。一件连锁店里购买的灰色羽绒服，已陪我度过了三个冬天。

我享受着淹没于人群的自在，包括坐在公园的长椅上打盹和张牙舞爪地追赶公交车。没人会为我撑起一把伞，于是我只能淋着雨跑回家。但与此同时，当我坐在吧台上享受一碗热腾腾的拉面时，再也不会有人上来打断这销魂的一刻。

渐渐地，我开始有了朋友。有当我因暴风雪赶不回来时，带着零食和玩具主动上门带小孩的朋友，有亲手做上几味家乡菜开车送上门的朋友，有立冬那天送上一台暖风机的朋友，还有无论任何时候，总会从天而降施以援手那样的朋友。也开始有年轻的学弟学妹半夜发来讯息，向我倾诉生活的烦难。

在纽约，我头一回与朋友度过除夕。她带着我们一家坐船到哈德逊河对岸，欣赏中国领事馆美丽的新春烟火。我们站在一处空旷

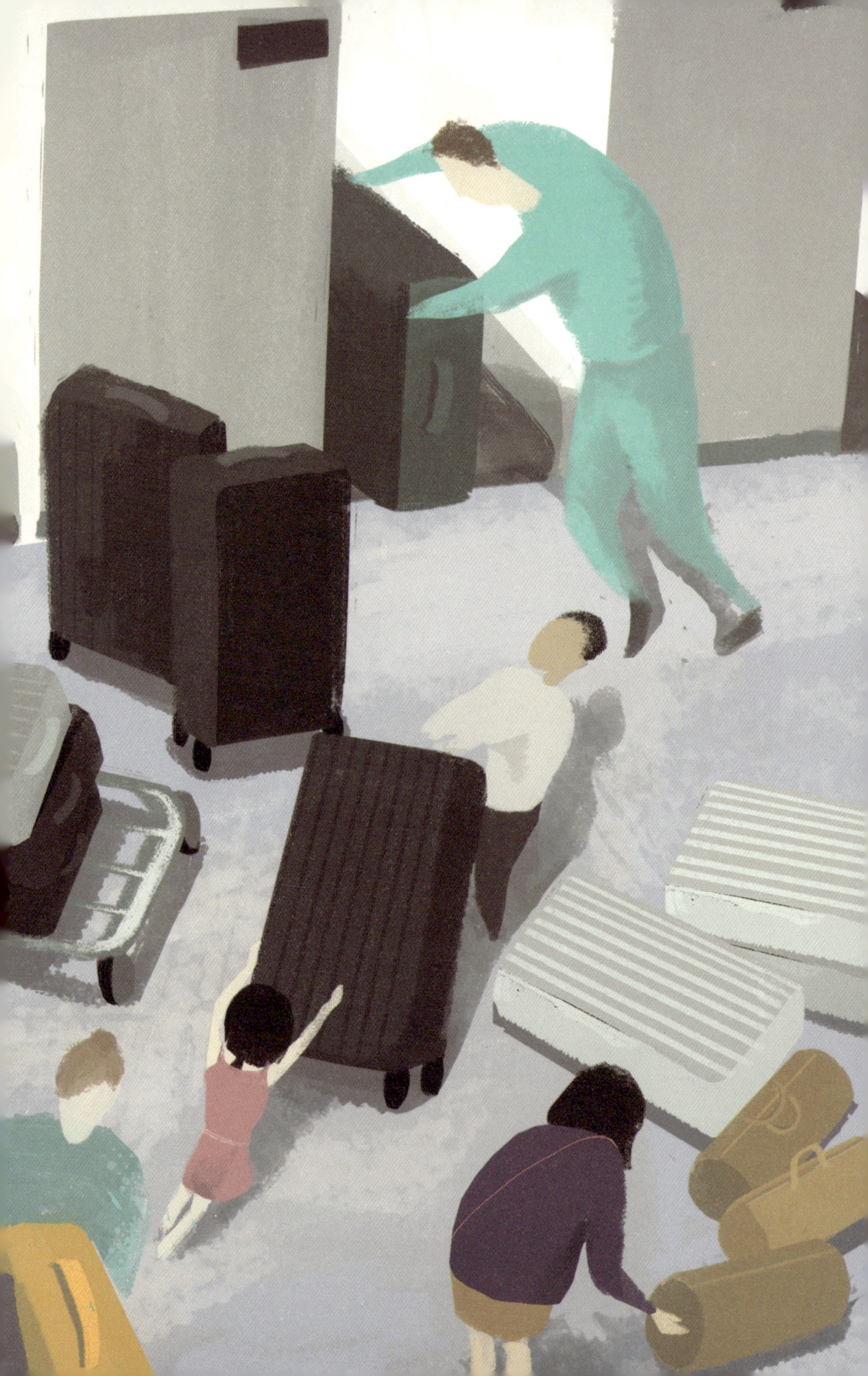

的游乐场里，让孩子们尽情玩耍。焰火照亮了漆黑的滑梯，而友情像一条厚实温暖的围巾，把全部萧瑟挡在彼岸。

回国那天，是朋友载着我们和十二件行李来到机场。印度裔的地勤立刻跑过来帮我驯服那些满地乱跑的旅行箱。办理托运时，一位胖胖的年轻姑娘牵着我那兴奋过度的小孩。航空公司的小姐戴一副金丝眼镜，走近蹲在地上正因行李超重在翻箱倒柜的我，笑着问："这是要彻底回国了吗？"

我披头散发地直起腰来答："啊，是的！"

她又指指抱着行李坐在地上的儿子："他倒懂事，能帮你了。"

我苦笑："养兵千日。"

她挥手叫工作人员过来，把箱子一只一只抬上传送带，然后递给我四张登机牌。

我擦着汗直道谢，她注视着我说："祝你一切顺利。"

上了飞机才发现，四个人都升了舱。

并不是因为长得漂亮。

再也不是了。

时光倒流

屋子里窸窸窣窣，好像有人在收拾东西，我翻了个身，小床嘎吱响了一下，声音立刻止住了。把眼睛打开一条缝，根据这个动作的艰难程度，我猜还不到七点钟。

八十七岁的奶奶用力拍拍我的脸蛋大声说："起床了喂！"

"哎呀！"我把身子背向她，抱着头不理睬。

她又重重打了一下我的屁股，嘟囔道："你们这些人，晚上不睡，早上不起，都八点了！"

"我不信，肯定还不到七点半！"自打我小学她就这样骗人，啧，打得好痛！

"你自己起来看一下啊！"她出去了。

这时我突然想起，约了这两个老同志今早打麻将，赶紧一骨碌爬起来。

呵欠连天地坐在牌桌上，爷爷坐我对面，脸色比较难看。他在气我不重视这个约会，竟然让他等。虽然退休多年，架子还是有的。

我当作没看见，嬉皮笑脸地码牌。

老头儿一言不发地摸牌，三下两下就胡了，清一色自摸。我表情夸张地问他："你这是多少翻啊？"

"唔，不知道，随便吧。"很矜持。

大家都不知道，谷歌的答案五花八门。我只好打电话给我爸。

"爸爸，清一色自摸多少翻，还跳了杠？爷爷胡牌了，没人知道该给他多少钱。"

"哦……"话筒里一个巨大的哈欠。我看了下表，八点半。"昨晚我看球，五点才睡。"说完挂了。

我只好擅自做主："每人五十，庄家六十。"

老头儿一下子开心了。

早晨八点半，这时候我妈应该打完太极拳，伺候外婆吃毕早饭，准备出门上英语课了。所以这两位分手，也算是在情理之中。

我属猪。

属猪命好啊！大家都这么说。

二十岁以前，只要智商正常，我们基本只靠投胎这一下的运气。

到了二十岁，我遇见了一个既像严父又如严师的人。在99%的人心里想"不过是长得好看而已"的时候，他是那个1%。

"当然咯，"他说，"前提还是长得好看。"

我和他共同养育着两个孩子，现在已经油嘴滑舌。

一直以来，这些紧紧盘踞着我的，先天和后天的幸运，像一身隆重的戏袍，让我始终处在一种盛大的角色扮演里。我孜孜不倦地为台上的自己添砖加瓦，修内饰外。同时身为编剧，我让故事不断推向一个又一个不间断、却又与前面绝不雷同的新高潮。

这世界上很多人在扮演别人，无论威武气派或娇羞依人，倜傥风流或优雅高贵，总有人能看出破绽。可我的这个角色，却是从没有破绽。因为我只演我自己，而观众也只有我自己。我只是要让这唯一的观众惊讶，震撼而已。有时候，甚至会被自己感动到流出眼泪。

我以为它会像百老汇的剧目一样永恒地进行下去，直到我认为可以完美谢幕的那一天。

可它却在那一天突然消失了。祖父去世的那个早上，我走进那个阴冷潮湿的房间，伏在他的胸膛上说："爷爷你放心，我会好好的，所有人都会好好的。"

我的舞台瞬间垮塌了，一丝烟尘都没有腾起。穿在我身上整整三十年的戏袍——早已经长在肉里的——似乎迎着风轻易碎成一片一片了。

我站在原地，看着剧场的工作人员清理道具。他们把数量庞大的衣服和珠宝捆成一包垃圾样的东西，还拿走了让我的发型随时保持蓬松的卷发棒，然后"砰"的一声，关上车门扬长而去。只有那戏袍上的一颗金纽扣幸存了下来，就像《盗梦空间》里唯一代表真实的陀螺，成为逝去者的唯一凭证。

以后不管起得再早，也不会有人坐在客厅等我打麻将了。我穿着旧衬衣，走在五月阳光明媚的街上。整个世界光亮温和，快乐鼓舞，每个人都在如常生活，独我漆黑一片。

这时才明白，过去那所谓从容的性格、豁达的姿态，以及时髦的品味，原来只是因为曾有人暗中守护。

从那天开始，那个只晓得自娱自乐，对旁人的喜悦和悲伤不曾产生过丝毫兴趣的幸运儿离开了。她开始感激每一顿不是太咸就是太淡的家常饭,变得对身旁的人有担心,哪怕是一场小小的头疼脑热,开始对泥泞一样的工作有忍耐,而在平常的日子说出以前难以出口的感谢。

　　世间一游,转瞬即逝,除了自己好好活着,也许还能做点什么。不是改变罩杯大小,也不是改变脑容量,而是改变周围的小世界,一点点。

理想是道数学题

十年前我刚进入新闻行业的时候，采访到一位大学应届毕业生，他的英语很差劲，大学四级考了三次都没有及格，结果毕业时拿不到学位证书。他向我诉苦道："我又不打算出国或者去外企，为什么非要通过英语考试才能毕业呢？英语对中国人有那么重要吗？"

我很同情他，当年吴晗数学拿了零分也能进清华，如今却有人因英语不好而拿不到学位，连工作都找不到，实在太冤枉。

对我的打抱不平，熊猫很是不以为然。他问："四级考试很难吗？"

"不难吧，很多人大学二年级已通过了。"

"这么简单的考试都不愿认真准备，怎么好意思抱怨社会。"他说。

对熊猫而言，这世上没有比考试更轻而易举的事了。他从十岁开始参加数学竞赛，十五岁被大学破格录取。当年我翘课看《流星花园》的时候，他已经开始每学期拿十八个学分。

在常春藤学校，这样的人遍地都是。世界在他们眼里就像游戏通关，难度太低反而会感到无聊没劲。暑假的一个下午，我在哥大的休息室小憩，走进来一名中国学生，似乎是刚踢完球，腿上还绑着护膝，他坐在钢琴旁歪头想了想，信手弹了一曲《菊次郎之夏》。

天才已经不再是《生活大爆炸》里的谢耳朵，他们也有会说话的眼睛和漂亮的肱二头肌。但他们仍然只喜欢约会机灵的姑娘，"啊，胸大是很重要没错啦，但和蠢人在一起实在难以忍受。"

在优胜劣汰的精英社会里，智商就像麦当劳套餐里的汉堡包，不管你点的是A餐还是C餐，这一样永远在菜单屹立不倒。薯条和汽水不过是吸引顾客的噱头。

凭着自己的头脑爬到食物链顶端的人，从不抱怨社会的不公平。

我只有永和大王级别的智力，时常想到那些与我一样天赋平平，环境却更坏一些的人，是不是应该就此弃权出局？这个游戏是否已经设计得足够完美，只怪我们自己笨且懒？便是带着这些的疑问，我当了记者，后来又进入社会服务领域。

我和许多富有人文关怀的人们在一起工作。师生每日谈论社会平等的理想，以及与之形成巨大反差的现实。大家踌躇满志地走近弱势群体的同时，也将精英推为众矢之的。

然而我渐渐发现，这样的热情大概是要落空的。

我认识一位服务边缘青少年的机构负责人，工作了八年，从未领取任何薪酬，仅靠业余教书维持生活。他能叫出八年来服务过的所有学生的名字，常常横跨数州去探望他们，他每天工作十五个小时，然而他创立的机构始终没有稳定的员工和资金来源，前来参加活动的青少年也越来越少。

又有我校一名客座讲师，提倡美国应向中国"文革"期间学习按需分配——因人不需要维生以外的多余物质。

他们有无限情怀，可这样却改变不了世界。

互联网正在颠覆着一切，知识、传统，以及我们每一个人的生活。同样于十九世纪创立的《纽约时报》已被这新的世界一步步逼到墙角，而本专业却还幸运地隐居在世外桃源，对这震动时代的技术无动于衷。教授们号召从华尔街名校生的手里夺回社会服务机构的管理权，他们说道，这些MBA导致了美国的金融危机，带来了剧烈的社会动荡和大量失业，为什么我们不能比他们做得更好。然而课堂上却没人知道KPI是什么。相比这样的理想，赚钱发财反倒更值得尊重。

安迪·沃霍尔说:"你永远应该有个'你自己'以外的产品。女演员应该计算她的舞台剧和电影,模特儿应该计算她的照片,作家应该计算他的字数,艺术家应该计算他的画作。如此一来,你随时知道自己值多少钱。而且你才不会陷在那个圈套里,以为你的产品就是你自己和你的名气,以及你的光环。"

记得有一日我的中国胃突然发作,跑到莱克星顿大街上的"湘水山庄",点了一大碗正宗常德米粉大快朵颐。正吃得满头大汗涕泗横流之间,隔壁桌几位中国客人的声音飘了过来。

那个××,去了某银行。

啊,我还没想好找什么工作呢。

跟××一样去做社工吧,哈哈。

社工?那是什么?

就是在社区里做些发大米的事,像咱们的居委会大妈。

真的不要说年轻人狂妄无知,这是什么年代,信息实在不闭塞。十几年前我这第一代社工刚毕业,行业尚未在中国落地,个案工作、小组工作、社区工作这些,可谓闻所未闻的先进服务模式,老百姓不知道很正常。可如今已有五十万人在此岗位工作，如此闭门造车，真是让人如坐针毡。

在联合国实习的时候，不止一名同事满脸疑惑地问我：社会工作，主要是做什么的呢？他们出身一流学府，走遍世界，见识委实不少，甚至还有本校前辈，其教学楼与本学院只有一街之隔，竟也对此门学科不明就里。

联合国开发署每周要开一次电话会议，与全世界几百家民间组织协同推广可持续发展目标（Sustainable Development Goals，简称 SDG）。这十七项目标，涵盖了人类的全部追求，从基本的生存需要如消除赤贫和饥饿，到进阶需要如优质教育、健康，以及气候变化。可是，从来没有社工机构拨入过这条热线。

当我连 SDG 的英文全称都说不顺溜的时候，Roxanne，一名来自智利山区的二十岁女孩，换了三种交通工具来到纽约。她告诉我，几位没上过大学的女孩仅用白纸和铅笔，这最古老的文明工具，采访了三千多位智利农民，表达他们的诉求。而在我的课堂上，专门服务边缘弱势人群的社工学院里，鲜见有人参与到这个计划中。只有一两名教授参加过关于 SDG 的研讨会，压根儿没人知道公众投票这回事。

不落下任何一个人是 SDG 的使命，可是站在社工背后的那些人，流浪儿童、未成年母亲、独身老人，以及游走在社会边缘无法走进阳光里的人，他们最终因为我们的平庸和懦弱被落下了。

不敢与现实交手的理想就像博物馆里的兵刃，须得放在玻璃箱里防尘除湿，它渐渐不再锋利，不再是真正的武器。远离红尘，也同时断绝了空气和阳光，一颗种子并不能成为一株挺拔的树。

十年前那位英语差劲的大学生，今天我会告诉他，努力让自己成为没有学历也能站着生存的人吧。要改变世界，先要拥有能爬到食物链顶端的本事。

家长们总是说，希望孩子的一生快乐就好，别的都不重要。这愿望实际比当上总统还难。有什么快乐能够持续超过一天？

有人会说也许国外有呢。国外多自由，人们能过上自己想过的生活。

现实却是当你踏上新大陆以后，才发现帮别人除蟑螂都要考执照。

我不相信世界上竟有这样的地方，只有自由而没有竞争。

揉进许多没有代价的幸福的童年橡皮泥，已被岁月渐渐风干，而成为一座夜半时分用以缅怀的塑像。我把它仔细包裹好，放进街角的邮筒，寄给五十年以后的自己。

至于眼下，在这个游戏中我们远未完美，仍需要开动脑筋才能赢得比赛。

不常见面的爸爸

和同事一起出差，睡觉前聊些闲天。她说："办公室某某，从小在单亲家庭长大，我们要多包容些。"

我笑笑："嗯。"

人力资源部的主管与我谈及一位大龄单身的女职员："很有可能是单亲家庭，因此择偶有些包袱。"

我也笑笑："这样啊。"

还有不太熟的朋友私下打听我的情况："是不是单亲妈妈？怎能活得如此自在？"

跟我讨论单亲家庭的同事们，觉得我是个"正常人"，因为看起来挺开朗，眼睛一望见底，而没有那种因儿时不愉快而产生的隐约的阴郁。悄悄关心我的朋友，却又觉得我不太正常，对于婚姻之稳固与地久天长，我似乎不那么在乎，甚至还有点儿不相信。

曾经有好长一段时间，妈妈把离婚这件事对身边所有的人保密，逢人问起只说孩子的爸爸在外地工作。她觉得这是她的失败，没有能力留住自己的丈夫，又害怕我在学校遭人议论，被人看不起，因为没有一个完整的家。在妈妈看来，"离婚"这个词就像诅咒一样，不仅是她要背一辈子的耻辱，也是我头顶挥之不去的乌云。我无法像别人家的孩子那样得到父母双方的资源去开拓一条平坦的远大前程，未来的男友和婆家兴许会不满意这残缺的出身，从而导致一段良缘就此告吹。

可是并没有。我从来不曾自卑，也没有受过排挤，长大以后，取向照旧，一直高高兴兴地谈着恋爱，然后一时头脑发热地结了婚。我是"破碎环境"里长大但仍然快乐的孩子，虽然不笃信婚姻，可还是愉快地做了某人十年的太太，暂时还没有跳槽的打算。

是运气好吗？现在想来，也许不。是因为妈妈当年不服输，不肯让我矮人一头，所以拼命把我笼在她的羽翼之下，让我感觉不到外面已经天翻地覆，所以才有今天的天真和浪漫吧。又或许是岁月渐长，让我对于婚姻有了新的理解吧。

父亲节那天，坐在爸爸的车里听着电台广播，女DJ深情地说："我们曾经仰望和依赖的父亲，今天需要我们的陪伴。"我望着前排驾驶座的背影，觉得这话做作得很：父亲节才陪伴，是不是太形式主义了啊。

我和爸爸只是碰巧今天见了面，上次见面是六个月前。在过去的二十年里，这是最频繁的了。对父亲这个人，很久以前我已经接受了他的退出。他不曾管过我的生活，多年来连一通寒暄的电话也少，陪伴和教育更是无从谈起。

我并不曾想是爸爸的缘故导致我再也过不了以前那样的好日子。出门没车了，坐公交也行；不能去美国读高中，大学拿了奖学金再去就好了。父母并不欠我什么，也没什么是非做不可。有吃有穿，就算不得吃苦。虽对爸爸没有怨言，却也无从亲热。我们曾经一度断了联系，大学毕业那天，爸爸没有打电话来祝贺，他每年过生日，做女儿的我也无声无息。

"无论如何，他还是你的父亲。"二十岁那年在旧金山读书的时候，有一天晚上，我和寄宿家庭的女主人一起站在厨房里洗碗，她这样对我说。

"他没有为我做过任何事，对此我不怪也不恨，难道这样还不够吗？"我盯着厨房的瓷砖地板。

直到我生了孩子，爸爸破天荒来探望月子，每天买活鸡回家给我煲汤下奶，晚上就在书房熬夜看球，我才发现，父女俩天性原来如此相近，都是率性随意，不事正经，只喜顽皮享乐。我自此开始带孩子们回家过年，第一次向他抱怨丈夫冷漠不管小孩，他听完了就问："夫妻生活怎么样？"

渐渐，我们成为不常见面的酒肉朋友。

我当然知道，是这个人，曾经让妈妈心碎，使我的生活动荡不安。我当然记得，初三那年自己躲在门后偷看妈妈焦头烂额地打电话托人找工作，而每次别人请妈妈吃饭，她一定会把最好的菜原封不动打包带回来给我吃。可是至今，爸爸并未对我说过对不起。

但今天，这已不妨碍我们聊聊夫妻生活。

因为曾经执念于 give and take 有付出才有回报的我，在自己做了母亲以后发现，对于至亲，除了不可强加任何义务，还可以更有想象力一点。

比如更多地忘却过去，放弃计算得失，看开这一段因果。

虽然是一个不常见面的父亲，不能为妈妈挡风遮雨，宽解孤单，不会挽着我走进结婚礼堂，未来大抵也不会留给我什么遗产，但仍然可以觉得，偶尔在一起吃次饭心里很高兴。

获得了这样的自由。

离婚没有原罪，自己人生中的问题，不能全部归咎于早已离开的父母。

做了这样的解脱。

因此无法同情那位工作表现不佳的同僚，你只是还不够努力。成长在单亲家庭而对婚姻望而却步的女性，望你早日摆脱那所谓"正常人"DNA 的伪科学，你的家庭，是完完全全另一回事。

竭尽全力，然后坦然面对。每一次自暗夜里熬过来的开阔，已经包含了命运对幸存者额外的奖励。

背对命运

九月以后,纽约狠狠地热了一阵子。伴着一场暴雨,一夜间凉了下来,总算可以把高高扎起的马尾巴散下来。这时才发现早前剪短的头发已经落到了肩头。它连同略微变圆的面孔和衣袖上的一小块茄酱印渍,一起被悄悄忽略掉了很久。这天晚上吃过饭,妈妈坐在孩子们身旁一起学英语。忽然她抬起头来说:"这会是我一生中最幸福的两年。"

正在洗碗的我停下来,环顾四周,她和孩子们挤在一张小小的布沙发里,旁边一块餐桌一片茶几,既是孩子们画画的地方,也是我读书的地方。想起我的卧室里只有床榻和写字台。

以前回家,在家门口总能听到儿子从房里传来的呼喊:"妈妈你来一下!"如今他再也不叫唤了,因为我们在曼哈顿的公寓一眼就能望到头,这还叫作 luxury apartment(豪华公寓)。战前老屋隔音不好，被人戏称邻居打电话能听见话筒那头的声音。薄薄的门板外孩子们喧哗不止，让我渐渐戒掉了周末的懒觉。

纽约晚上时常下雨，不急不慢的雨，下一整夜。

曼哈顿不是一个随随便便能安下家的地方。来纽约的第一个月，儿子陪我去买家具，奋力推着比他高出一个头的购物车。买菜的时候，面粉撒在我的裤子上，女儿立刻蹲下身去用小手轻轻掸掉。在外面看房子看了一天，两个孩子疲惫地坐在地铁里睡着，两颗小脑袋抵在一起。下车后，我妈妈不忍心，背着小姑娘走回家。

即使经济复苏，生活依然咄咄逼人。纽约客们都被迫加速前进，只为了在这里生存下来。虽然也有不少人在工作日的上午到中央公园里慢跑，但仍然可以看到他们脸上挂着忧患。与曼哈顿一河之隔的泽西城才更像美国：平静、缓慢、干净，没有呼啸而过的yellow cab和坑坑洼洼的脏水塘。

很多纽约中产阶级因为不堪拥挤和压力搬离都市，让如今的曼哈顿成为贫穷的劳工和富商巨贾聚集的空心城市。

而我们，所拥有的只是简单的三餐和几件行李。站在水槽旁望着他们,我问自己,这样可以成为"最幸福"的两年吗?

"你想回深圳吗?"我问。

儿子环住我的脖子嘻嘻地笑:"不要,我想和妈妈在一起呀!"

他俩喜欢曼哈顿,因为家里第一次有了高低床。我可没孩子们这么轻松。林书豪曾经说,你一旦进了哈佛,他们就会照顾好你。哥大的学生从没有这种幸运。纽约的每一个角落弥漫的都是同一种味道:成功。而在晨边高地,成功则是每个学生必须兑现的承诺。大部分美国学校毕业要求是平均每学期四门课,而在哥大,五门甚至六门必修课是司空见惯的。很多学生因此时常拜访校园的心理诊所,却没多少人抽空抬起头,看看诊所所在的建筑 John Jay Hall。那是为纪念哥大校友、美国的开国元勋第一任首席大法官 John Jay 而建。

因为,这些只是给游客们看看罢了。Once Columbian, Forever Columbian,二百六十年的荣誉,只给予能够到达终点的人。

如今一条新鲜蹄髈带给我的愉快远远超越当季服装,这是与过去大不同了。只因凭我这平庸智力,应付学业同时照顾老幼已需竭尽全力。周六总要带着妈妈和孩子们在城中探索演出与游乐的场地,周日则总在东亚图书馆的窗边与书本、论文相伴。为使这副肉身继续坚持，还需再牺牲些睡眠时间在健身房锻炼。

唯有短短几天春假，可成为繁忙生活的逗号。那个时候，学校空无一人，校园里只有蓝天、绿影，和教堂的钟声。广场上的喷泉随着春天的到来重新开启，水珠滴滴答答地落在池子里，和耳机里的舒伯特《F小调幻想曲》交织在一起。

我喜欢坐在台阶上，晒一小会儿太阳，稍息片刻。

他们说，这是何苦呢，明明眼前有条坦途，却要纵身跳进这太上老君的炼丹炉。

是吧，对于刚逃离本科生活，一心向往约会游乐的年轻同学们来说，这求学生活实在煎熬。可在我，却是享受的。我享受上五门课，享受熬夜赶作业，也享受图书馆里坐得腰酸腿疼的时刻——宝贵的资料太多了，缺本可以跨越地球免费寄过来，电子数据库无比强大，几乎全世界所有文章都能找到。我每天以十倍于过往的强度刷新着知识体系，亦以十倍的速度重建着自我的内在世界，这火烫的炉子，用来铸炼头脑再适合不过。

午休时坐在草地上拿出温热的便当，里面总是变着花样放着我爱吃的几个菜，那是妈妈的手艺。这个时候，我会想起一个人吃着

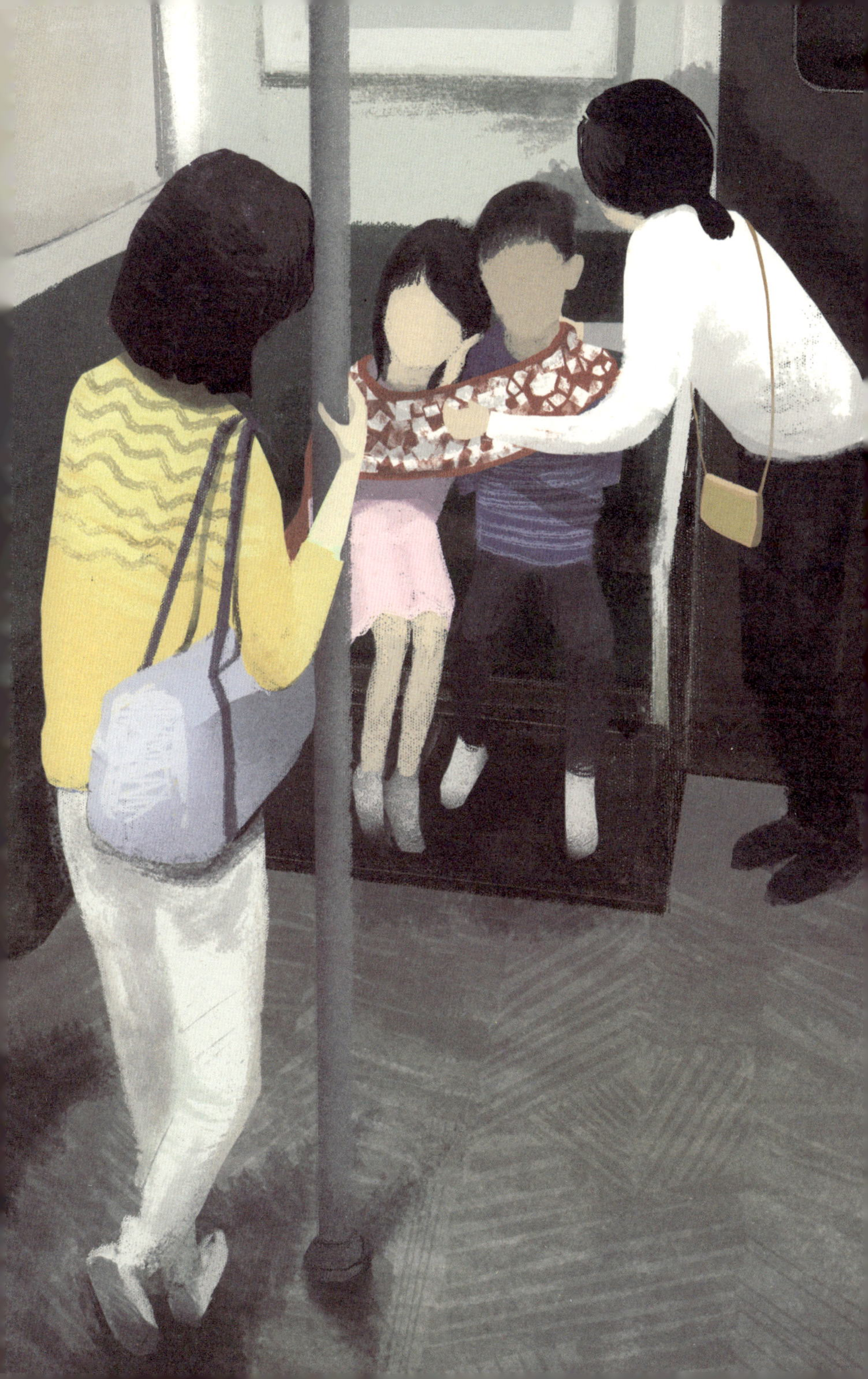

饭的熊猫。

几个月前他摔断了腿，急诊医生说要马上住院。他听到以后的第一句话是："能不能给我太太也安排一个床？"

送我们走那天，他拄着拐杖站在家门口，什么也没说。

他每天努力做着骨折后的康复训练，在空荡荡的家里走来走去。恢复了写日记的习惯，踏进好几年不曾造访的电影院，通电话时总是告诉我，一个人生活得很好。那是我背对的生活里唯一想要回头的牵挂。

每每念及此处，我也不免歉疚自问，这般孜孜不倦地做下去的心念究竟是什么，让人充满斗志的源头是什么。可以肯定的是，这个简单的心念发生在蒙昧的时刻，也许童年就已埋下了种子。无论父母严加管束还是放任自流，家财万贯或一贫如洗，这股生命力都不会停歇。我为什么活着？我存在的价值是什么？这种问题在它面前将支离破碎。它发自于内在，外部世界不能左右，就像激流一般，不因在黑暗中而停歇，也不因在阳光下沸腾。

这就是你的雄心。

公寓的窗外，雨越下越大了，似乎有些雨点飘到脸上。漆黑的天空看不到月亮星辰。屋里微波炉上幽幽亮着绿色的时间。它看起来不属于此刻，有着永恒的意味。

再·见

长沙是我的故乡。父母离婚后我跟着妈妈去了广州，可是每年暑假开始的第一个晚上，妈妈都会为我买张卧铺票，把我送上火车，睡个摇摇晃晃的觉，次日清早六点就到了家。爷爷、奶奶、爸爸三个人，每年都在站台上等我，直到我大学毕业。我在这里念完了小学的头四年，还记得学校的对面是省委，旁边是阿波罗商城，商城一楼有好吃的油炸鸡翅膀。放学路上偶尔会遇见一辆熟悉的黑色皇冠车停下来，窗子后面露出司机徐伯伯笑呵呵的脸，问我要不要坐顺风车回家。

我的家在湖南省政府大院东边的一栋四层小楼里，客厅朝南的墙上挂着一幅水墨山水画，是祖父的好友、画家曾晓浒二十年前的馈赠。我的房间仍然保留着原来的样子，书柜第二层放着那本我曾经偷窥过无数次的《废都》。这个自我出生就有的大院里的熟食摊、门诊部和理发店，如今还在营业。以前每个暑假，我都要提着冰桶去机关冰室买十支绿豆冰棒，后来那里被改成了洗车场，没了那股冷飕飕甜丝丝的气味儿。楼下站岗的武警近几年换成了保安，还记得从前有一名姓舒的武警，常陪大院里的孩子们打雪仗，他那拗口的名字让人记忆犹新：舒叔叔！舒叔叔！

我是个幸运的人，抽到了一根好签，不是最好，而是刚好。刚刚好的家境，既不大贵，也不市井。作为女儿身，获得了恰到好处的教养。允许犯错，允许放弃，也可以不完美。这刚刚好的幸运使我的人生不曾逆流而上，也无需咬紧牙关。

但年岁渐长，突然意识到如果你想和这个世界和平相处，那么一切都是可预期的。你会在三十五岁的时候想创业但为了孩子选择放弃；四十五岁的时候开始告诉年轻人什么叫作成功；五十五岁每天都会在朋友圈转发一条养生小窍门；七十五岁你的口头禅是只要身体好什么都好。从今以后还是每天忙得团团转，不过是原地打转，你脚下这块地板逐渐转出了一个深深的窟窿，你就像那只仰头看天的青蛙，这也是可预期的。

而我比较喜欢开放式的结局。

收到哥伦比亚大学录取信那天是二月二十八号。之所以记得这么精确,是因为前一天晚上《来自星星的你》大结局了。熬夜看剧的我挣扎起来瞅了一眼手机,就重新沉浸在挥别都敏俊的深深哀痛之中。喜欢上一个比自己小五岁蓄着齐刘海像毛绒玩具一样可爱的韩星,这一离奇事件本身,实在很值得荒废一切去庆祝。

去哥大其实不只为读书。毕业十年了,一切的领悟都来自人和事的磨炼之中,明白了最珍贵的知识只在不进则退的现实世界里,而当今先进的学习手段已经让学校不再是获取知识的唯一场所。当然,也不仅为常春藤的厉害学历,况且邂逅王力宏已经为时已晚。我只是觉得在自在懒散的加州和斯文体面的新英格兰胡混过以后,该去五花八门的纽约开开眼界。

我喜欢美国,这里亲切而冷漠、昂扬又理智,自由主义的味道跟麻辣火锅一样让人愉快,这里总让人有一种一无所有但却又异常富有的奇特感受。

哥大与中国渊源深远,而且馆藏丰富,在这段时间里,我打算多多实习,多多做事,也想多在图书馆念两本正经书,写点文章。隔着遥远的时间和空间端详祖国,即便没什么贡献,也能有所反省。

孟子说："穷则独善其身,达则兼济天下。"我不上不下夹在中间,常常束手无策,垂头丧气,便这样"躲"进故纸堆里去。与每天真刀真枪过日子的人相比,我不仅不能称为上进励志,反而感到惭愧。

　　但是直面渺小的自我却仍能富有勇气,却是这两年我给自己的功课。

　　面对自己的焦虑、懦弱与恐惧,对过去的自己说,我现在一切还好,不必担心。

　　当然这需要更多的力量。

　　不为挥别,而为重逢。

Part 2

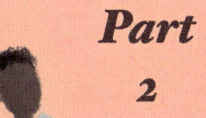

即使 一切终将退去

走进联合国

2015年夏天,我第一次以工作人员的身份走进联合国总部大楼,成为联合国开发署的一名实习生。

这完全是个意外,因为向学校申报实习机构的时候,联合国首先被我剔除在名单之外。我不喜欢任何威武庄严、需穿灰色套装戴工牌上班的地方。

意外发生在二月的一个晚上。自大雪中返家的我,坐在书桌前喝着热可可,许是那甜味让人神驰,我莫名其妙点开了一封广告邮件里的链接,跳入本学院的在线聊天室。刚巧有一场校友与学生之间的求职咨询正在进行中,我被电脑随机配对给一名2014年毕业的学生,网名是Louise,应该是女孩子吧。

她很快打字过来:中国人?

我说:是,我的姓氏相当有中国特色。

她居然打出中文：我在联合国工作，你想问什么？

原来是同胞。我捧着热可可，认真地想了想。

工作内容？任何工作凡是努力都可学会。

工作强度？只要不用通宵熬夜，应该都能扛住。

福利待遇和职业前景？我不在乎。

想了半天，我回答：只一样，这是个真正干活的地方吗？

她慢慢地打字，联合国里有社工背景的人少得可怜，需要更多我们的声音，所以，是的。

众所周知，联合国是块金字招牌，所有人都慕名而去，独缺社工。这种割裂多少来自价值观的偏见。社工是与生俱来的自由派，具有浓厚草根气息，关注的对象是个人、家庭和本地社区，有清晰的反精英和反全球化倾向。而联合国，在大部分人印象中是精英和全球化最为集中的所在。另外，社工是跨领域的实践型学科，缺乏高度严谨的研究方法，始终未能在严肃的主流学术界拥有一席之地，本专业的学生也因此甚少受到精英机构的青睐。尽管学院每年都向联合国派遣实习生，这些藤校研究生却大多被派去做初级文秘工作，每日裁剪 PPT 的图片大小，或往 Excel 表格录入数据。

Louise 的话让我重新思考去联合国工作的意义，不为一己喜恶，不为举足轻重。

我拒绝了学校的安置分配，自己投送简历，得到了面试通知。面试官与我同门，是国际关系学院的毕业生。她简单介绍：我们的工作，就是成为一座桥，联结 UN、各国政府与公众，特别是年轻人和弱势群体。

这个意外，便是这样开始的。

2016 年 4 月，离我毕业只剩一个月的时候，新浪派了一名摄影记者跟拍我在联合国总部实习的日常。从早上迈出家门，到晚上赶地铁回家，甚至不上班的时候去学校写作业的模样，通通被摄入相机。在办公室里，摄影师围着我的格子间三百六十度地拍，拍我制图，拍我打电话，拍我趴在桌上午睡。他跟着我去仓库搬东西，去其他办公室开会，就连我去茶水间泡杯咖啡，也要在一旁不停地按快门。同事们大叫，活在镜头下太可怕了。后来我就习惯了，我大口喝汤，逛菜市场，把相机当作不存在般，也放弃了管理自己的表情。

四月的纽约春寒料峭，我带着摄影师穿过第一大道走向秘书楼，他在我面前一边倒退着拍摄一边问：为什么要来联合国？

我反问他：你觉得呢？

他放下相机说，多数人选择联合国只为一个原因——高端大气上档次啊。

的确，这里代表着名气和权威，光是坐在一旁听那些平时只在《新闻联播》里才能看到的人物高谈阔论，就已经感觉自己在改变世界。

可对于我来说，世界远在政治以外的地方，谁也不能妄谈改变。

年轻时做新闻节目，我有许多机会接触和认识名人，刚开始难免激动，很快便心平气和，从不曾索要合影和电话号码。与陌生人合影多么突兀荒唐，况且在自己变得足够有用之前，擦肩而过以后便不会再有重逢的机会，要来那一串号码又有何用？

况且名人也是人。记得我正式领到工作证，入驻联合国办公那一天，恰逢七十届联大开幕，元首高官们接二连三地被保镖们护送进来，在里三层外三层的摄影机面前，面带微笑地和拥挤的人群站在一起，慢慢观看墙上的展览。战地记者出身的美国驻联合国代表鲍尔女士最认真，提了许多关于叙利亚难民的问题。诺贝尔和平奖得主、哥伦比亚总统桑托斯更是善解人意，主动招呼工作人员一起自拍。全都是二十出头的大学生，大家雀跃不已地围上前去，迫不及待发至社交媒体。马克·扎克伯格只身到访，破例穿了一件西装外套，见多识广的外交官们竟然全都失了分寸，纷纷涌上前合影。他一边微笑应对，一边慢慢退到门边，我听见他对旁边人喃喃地说："人太多了，我得出去透口气。"我推开门，冷风猛地灌了进来。

在受到经济危机波及之前，联合国的工作稳定，收入体面，有着全世界独一无二的工作福利。负担子女从幼儿园到大学75%的学费，包括那些最贵的私立大学；工资无需缴纳美国个人所得税；持专属联合国护照，外国雇员可获得G4外交签证合法留美。虽然常被中国籍员工诟病雇员的国籍比例未能平等反映会费占比，但与美国本土的机构相比，联合国仍然具有对少数族群极友好的工作环境，既是种族和宗教多样化程度最高的单位，女性和来自发展中国家的员工比重也比一般的大企业高出许多。

不过这些诱人的条件，与并未计划久留的我没什么关系。

在这个世界上最大的国际组织，弱势群体并不是官员们唯一且最重要的关心。各国为社会公义而在此联合，国与国对利益的竞争却是无处不在。获得过普利策奖的鲍尔女士诚然对战区的儿童忧心忡忡，还曾借助我们的视频连线对孩子们嘘寒问暖，但叙利亚今时今日的悲惨境况，她所代表的国家既是始作俑者，亦是雪上加霜的推手。总在国际援助项目上展现高风亮节的北欧诸国，秘书楼里照样流传着一些不为人知的黑色历史。

我第一次跟着同事参加联大会议，便是在那可怜的叙利亚小男孩陈尸海滩引起举世哗然之后，大会紧急召集各国讨论叙利亚的难民危机。会议在历史悠久的托管理事会会议厅召开，镶着白蜡木的墙壁上有一组引人注目的雕像，一名妇女两臂高举，放头顶的小鸟飞去。

我问同事这是什么寓意。

她说，托管理事会曾经用来管理前殖民地国家，这雕塑乃是希望他们在联合国的帮助下实现独立，从而"无限制地飞向更高处"。

会议进行得有条不紊，荧幕上难民们从夹杂着哭声和尖叫的偷渡船上争先恐后地跳下来，与暖气充足的会议厅里平静的气氛形成鲜明的对比。代表们穿着一丝褶皱也无的深色羊毛西装侃侃而谈，这些受过绝佳教育的外交官，每次发言都有些我听不懂的单词，但意思很简单：难民很可怜，我们要做以下 ABCDE……

可能是屋子里太热，我不停地打呵欠，同时觉得墙上那只张着大嘴的鸟十分滑稽。

我和同事当天带去了一部用虚拟现实（VR）技术拍摄的纪录片，讲述一名十二岁叙利亚女童在难民营里不乏童真的日常生活。这片子由几位好莱坞和纽约的制作人操刀，在全球巡展的过程中，让人身临其境的新技术唤起了公众对难民的关切。然而在这个会场，大家连九分钟的片子都没时间看完，却在用三个小时侃侃而谈。

当硅谷的无人机飞入菲律宾雨林向村民们发送无线网络信号时，这里也是在侃侃而谈。

当马拉拉带着脖子上的伤疤站上联大会堂的主席台时，某位妇女署的高官却因为相关推特没有@他而在半夜大发雷霆。

点开联合国官方网站，跳出来的第一句话是：欢迎来到联合国，您的世界。

这里到底是谁的世界呢？

手握亿万脆弱生命的权柄，却仍然对面前支离破碎的现实束手无策，精英政治的时代已经一去不返。

结束拍摄那天，我发着三十九度高烧，站在东河河畔与这名年轻记者告别。他问：片子你要不要先挑？

我摆摆手，新闻摄影，轮不到我说话。

他笑了：真的？说不定我可以帮你磨磨皮，拉拉腿。

我说，万万不可，以后老了回头，仍然希望能看到一段货真价实的回忆。

每周我要写两篇工作日志，汇报工作进度和学习收获，上司看过后对我说，你让我们对社工这个专业产生了重大好奇。春天正式开始的时候，她与我一同来到阿姆斯特丹大道1255号，与一百多名社工学生和教授讨论，本专业如何代表最边缘群体在可持续发展目标的进程中发声。教授N对我说，你把一颗新的种子带进了联合国。

这才是这次实习的重大意义。

中国素质与美国修养

前阵子中央芭蕾舞团来林肯中心演出《红色娘子军》芭蕾舞剧。这是我母亲那代人童年难忘的艺术体验，而《快乐的女战士》这首曲子，我小时候也曾练了整整两年，而今还能在舞台上看到如此原汁原味的演出，也属难得的机会。

已经有五代人诠释过这个剧本，这次扮演琼花的是首席张剑，这是我第一次看她跳舞，个子很高，身姿优美，动作像教科书一样精准洗练。

演出中，当"打倒南霸天"五个大字在舞台上展开的时候，一些中国观众忍不住笑了起来，而我也产生了一股奇特的感觉。

我们曾是一个尊儒奉佛的古老国家，如今则更像一支异军突起的新犹太人，重新构建了一套精明、勤奋、追求富裕的华夏文化。这两副差异巨大的面孔，只用了尘土飞扬的一百年。可惜关于那个动荡的世纪,早已被时间抹去了历史的细节。

我最近才知道,1949年跨过台湾海峡的那些人当中,有不少人自愿零薪水工作了一年。而在大陆,也有太多的人不问贫富,选择为社会均富奉献终生。他们都颠覆了中国人的处世原则。有点匪夷所思,救国兴亡似乎一直是上层知识分子所奋斗的目标,跟老百姓有什么关系。然而在我祖父那一辈人当中,理想主义者在民间大量存在,中国人首次开始自下而上地觉醒。

如今我们要选择忘却了。

洪常青踏上火堆,摆出一个英勇就义的姿势,一道闪电在他身后划过,中国观众们又是扑哧一笑。此幕终。

接下来是一个场面盛大的群舞,中国观众纷纷打开手机照相,有些在录影,发亮的屏幕直刺眼睛。我轻轻拍了拍前座一位女士,她已经录了好久。当我第二次用普通话对她说,"请您收起手机可以吗?",后排观众席突然爆发了一句洪亮的叫声"Stop!",所有手机瞬间都放下了。

幕间休息时,那位愤慨的美国观众对着邻座几名中国人大喊道:"No photo! No videotaping!"他的行为激起了不少当地人共鸣,十几个美国观众围住工作人员集体投诉，并且要求换座位。

出国比较多的朋友常为同胞们的"不羁"之举感到痛心疾首。不守规矩是有些恼人，但上纲上线倒是不必。其实这些西式规矩也有蛮不讲理之处。比如，我从来没有在西餐馆见过筷子，他们假设全世界食客都懂得使用刀叉。而中国餐馆永远会给外国客人同时准备筷子和刀叉，且在筷子包装上备注英文说明。今晚在大卫·寇克剧院，这个"刀叉假设"再次冒了出来。

"开演前讲了注意事项呀。"工作人员对我说。

"很遗憾，英语可能席卷了印度，但尚未普及中国呢，"我半开玩笑地回答，"下次考虑加上中文提示吧，"我指指观众席，"演出中大声喊叫的行为，同样打扰了其他人。"

美国和中国一样，是拥有独特的宏大世界观的国家。可美国经常被树立成中国要学习的榜样，中国人不仅要学会饮用葡萄酒，还要接受新教伦理和西方理性。遑论我们脱胎于截然不同的文化，把它们作为一种更先进的生活框架，实在有些强人所难。

老实讲，我自己也曾陷入过这种迷恋之中，但蜜月期不久就会过去。

十几年前我初次来到美国,与一位报社主编谈论总统大选。他说:中国年轻人对我们的政治生活已经如此了解,而我们只知道北京的长城。我们太自大,根本不关心外面的世界,而中国会成为一个伟大的国家。

十几年后,台下的美国观众终于睁开了眼睛。尽管是这样的:

"真有趣,这大概是为数不多描写'文革'时代的表演吧!"后排一位大学生模样的男孩子评价。邻座扭过头看我:"请问这是尼克松访华那时候的事吗?"

"不,这是红军的故事。"我狡黠地回答,欣赏他假装听懂了的表情。

互相学习才刚刚开始。

迷失世界

我的本科在中山大学,是第一届社工专业的学生。当时那是学校里时髦的系所,系主任自香港来,普通话不标准,课本全采用美国教材,有些国内买不到,只能复印,几百页几百页地印。常邀请各界人士来校举办讲座,意识观点虽不尽相同,人却都是很温和的。

从那些刚从复印机下来、滚热烫手的课本上,我学到的第一条职业伦理准则是价值中立。美国人写的书却不提美国,也没有好、坏、优秀、差劲之分。

那是十几年前,是第三部门刚刚萌芽、社会服务只见零星的年代,合上英文书走上街头,走进设施简陋的老人院和戒毒所,常有风马牛不相及之感。

毕业后转行做新闻。当时想,至少要让他们有个说话的地方吧。虽然每段采访可能只有一分钟甚至三十秒,一些人的命运却有可能就此改变。

我做的是政治类新闻,不用到戈壁滩吃沙子,也不用冒着性命危险下煤井。去的最多的地方是钓鱼台和各部委,打电话给马英九的首席幕僚,对方也和和气气地答上三十分钟——现在想起来,那些提问简直蠢得一塌糊涂。每年报考新闻系的学生都很多,我们的确胸怀正义而来,却难免被虚荣压倒。

2004 年我每天都看美国 CBS《时事六十分钟》(*60 Minutes*),一群老头老太太穿着一丝不苟的套装义正词严地挑战各路权贵,让年轻人热血沸腾。然而几个月后,丹·拉瑟因为判断失误,从节目引咎辞职。

我开始想起那位香港的系主任用她不标准的普通话经常说的一句话——不管他是谁,你先要听他讲话。

丹·拉瑟没有听完所有人讲话。

后来我们迎来了让人无所遁形的互联网时代。拥有千万粉丝的公知大 V 在张嘴瞬间就有两万条转发,不假思索的。

世界变得非常简单,穷和富,黑与白。社交媒体织成一张的大网,

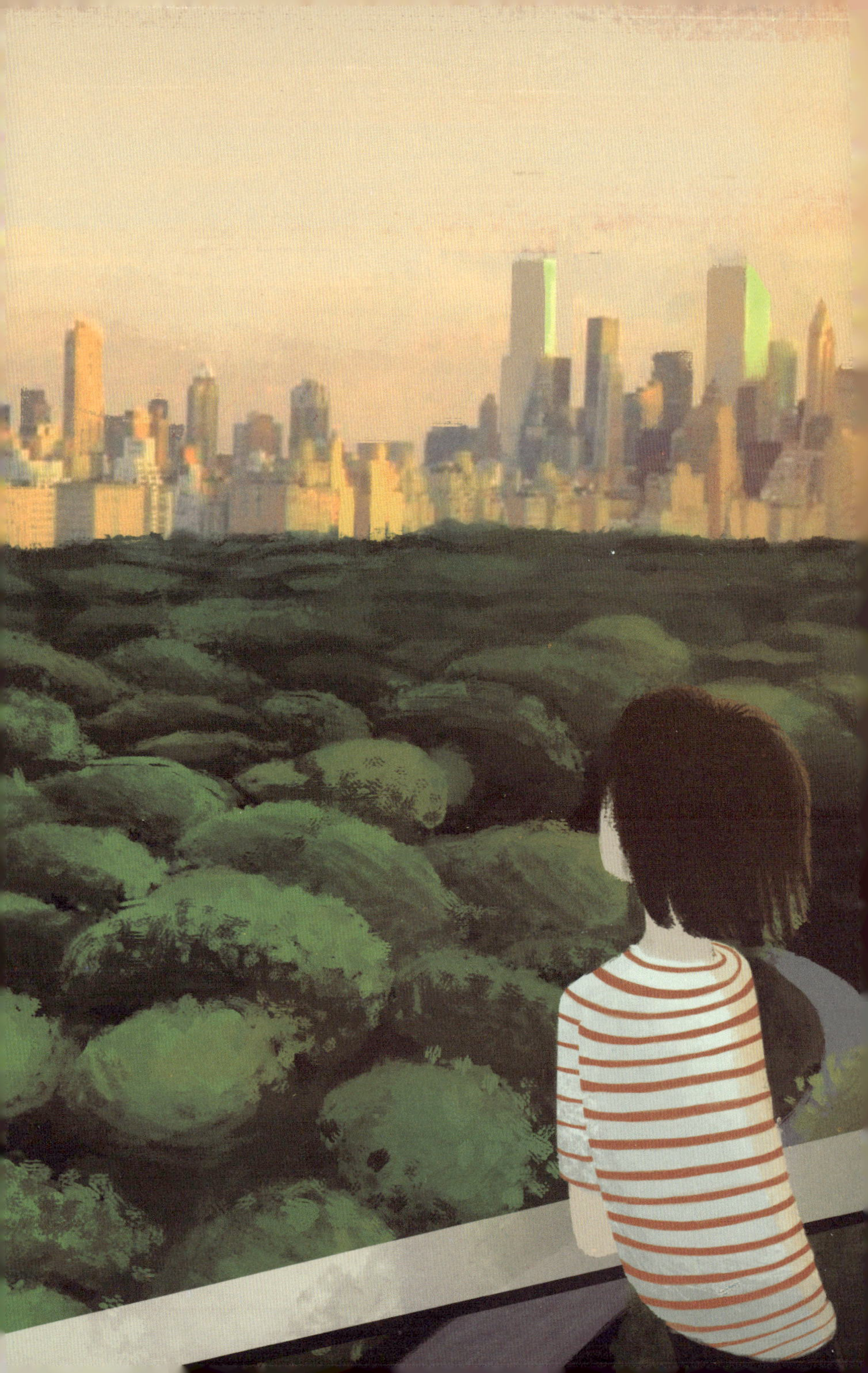

时刻不停地刺激着大众敏感的神经，挤压着每个寻常人呼之欲出的愤怒。

虽然不很明智，我却觉得这样也不错。

因为不是每个人都能像记者，可以用理性碰撞理性，普通人只有血肉之躯。

也不是每个人都能像社工，能中立地向所有人微笑，我们只靠一口气活着。

谩骂虽不堪，但却也是老百姓对权力最直接的监督方式。

但骂完了，我也会想想自己。

那些老爸老妈非常厉害的草包，如果有机会去跟他换一换，我会说不吗？如果今天我手握重权，面对一张张送上来的学区房的房产证，我会毫不犹豫地撕掉吗？

人性复杂，没有毫无瑕疵的善，或者罪无可恕的恶。真相常让人愕然，因为那里深得道德辐射不到。

地球永远是百分之十的强者说了算。作为百分之九十的我们，也要活得不像蝼蚁。

世界看起来铜墙铁壁，无路可走。能改变的，只有人。

只有自己而已。

藏在西装里的枪

中国和美国的教育，哪个更好呢？

太多人问我这个问题，但这实在不好回答。孩子的成长恐怕是世界上最神秘的科学。我们无法甄别儿童的一举一动究竟有百分之几来自学校，自身的性格又是通过何种化学方程式影响着他们的面貌。更何况，教育并不只是取得学历，它甚至不是为了获得知识。教育是一种思维训练，让人学会用理性的思辨理解自己和这个世界。

孩子们在纽约度过了两个学年，他们非常愉快，让曾经也做过小学生的我感到羡慕。他们没有一天不想上学，即使是初抵时全然不懂英语，每天木头人一般坐在课堂，也从来不留恋家。每逢放假两人都会掰着手指倒数："妈妈，什么时候我才能回学校？"八百多个日子过去以后，他们成为比以前更快乐的小孩，对简朴的生活感到满足，对一草一木充满善意。

回想刚刚搬来纽约的时候，给两个小孩找学校让我大大头疼了一番。我收到哥大的录取通知已是二月底，彼时小学和幼儿园的入学申请早已结束。偌大的纽约，去哪读书好呢？

在子女的知识教育上，我是位粗心又用心的家长。来纽约时他俩的英语只有ABC的水平，我也不确定他们是否知道4+3等于几。儿子五岁已能读报，很多人问我是怎么教的，我说我不知道，他是自学。但是，我为孩子上学搬了两次家，给小孩选择环境也许是我心目中更重要的任务吧。

怎样算好的环境？有的家长喜欢课业抓得紧的，将来能考进好的大学；也有的家长喜欢轻松活泼一点的，给孩子一个愉快的童年。我觉得两种都不错。有的孩子好学好胜，竞争激烈的重点学校会很合适。而有的孩子天分在一些课外兴趣爱好上，应该在宽松的教室里充分放大。倒是说希望小孩快乐成长的家长，多半是自己以前没玩够；过分望子成龙的那些，往往见识过社会的极致残酷。可是，读书的是孩子不是家长。

为选择学校，我把离哥大较近的所有小学和幼儿园上网查了一遍，并且约见了老师，参观了其中几所。半个月后，几所名声极佳的私立学校发来了录取通知。公立学校不用申请，只要住在学区内就办理入学。那么，到底去私立还是公立呢？

在美国，有悠久历史的私校的升学率显著领先，某些幼儿园一年学费三万美金，还需提前两年轮候，家长们找关系挤破头的激烈场面丝毫不逊于中国。一位朋友曾说："在纽约让孩子上私立还是公立，就像要我决定是吃饭还是要饭一样。"这句话我至今记忆犹新。

事实上，我对传统应试教育并没有恶感。早恋，逃学，抽烟，泡吧，这是中国中学生的青春期标配剧情，说明应试教育的缝隙其实是很宽的。千篇一律的应试教育里走出了各种各样的人，因为家庭才是改变中国人的一剂猛药。

想来想去，国情不同，孩子性格也不同，我决定进行一次教育小实验：儿子进公立，女儿进私立。

我为哥哥择出一间纽约市教育部门评分名列前茅的公立小学，然后在学区内找到了住处。在丰厚的曼哈顿上城地产税和家长捐款的支持下，这所公校的硬件设施极为优越，一排排崭新的电脑，供学生随意使用。妹妹则去了公园大道上的一所具有五十年历史，拥有不少名流校友的私立幼儿园。后者的教师素质略好些，哥大毕业的不在少数，相比公校老师，对待家长的态度更为恭谨。

开学前，我去女儿的幼儿园开第一次家长会。进去吓了一跳，金碧辉煌的大厅里，爸爸们穿着三件套西装，妈妈们的头发吹得一丝不苟，钻石胸针在香奈儿连衣裙上闪闪发光。十余种来自旧世界的陈年佳酿，由穿燕尾服的服务生殷勤斟满。女士们相互关心着毕业后将升往新英格兰某所名校，先生们则对暑期去哪里出海潜水更为热衷。哪里是家长会，分明是一场社交派对嘛。开学后，这样的聚会几乎每月都有，Dad's night out, Mom's night out, Annual dinner gala 等等，名目繁多，目不暇接。而且一系列活动都大字注明：仅限成年人参加。

公立学校的家长完全不热衷这些。他们来自白领阶层，工作繁忙，认为这种客套的交际并没什么实用性。偶一为之，基本都在街角的小酒吧解决，买杯十块钱的威士忌即可聊上三两小时。他们更喜欢约在中央公园，在那些巨大的橡树下丢飞盘、踢足球。

我作为不多的有色人种和新面孔，最初在两边的聚会中都显得形单影只，很少有人主动过来搭腔。在有些美国人的印象里，中国是个和北极一样遥远的"星球"。有人刻意无视我，也有人当面讽刺我，大概因为他们唯一打过交道的中国人是家里的保姆。过了一阵，往来几次混了个脸熟，我给家长委员会捐钱出力，大家心照不宣，表面其乐融融地把这礼节维持了下去。

当我在这五颜六色的家长圈子里周旋之时，孩子们的世界却干净得像夏日的天空，一丝乌云也无。每天教儿子写作业的同桌 Amani，和女儿手牵手上学的小 Evie，为了和这两位新同学交流，他们开始学习中文。孩子们一起坐校车，一起做实验，一起上体育课。在学校，儿子第一次举手回答问题的时候，全班跳起来为他欢呼。

可是，他们却不会周末一起去公园。真实的世界是，白人孩子们放学以后结伴去上棒球课，黑人和拉丁裔孩子则通通奔赴收费极低的课后托管班，亚裔则有点无所适从。

就像魔法会在午夜失效，人人生而平等的美国梦只是一场梦而已。种族不是美国的问题，它是美国一直以来的基本规则之一。就像红绿灯于交通，它执掌着美国的一切秩序。美国让全世界相信教育是人生的点金石，是灰姑娘的仙女棒。可事实上，1994 年美国家庭财产最多的 25%，十年后仍有 92% 处于社会的富裕阶层。而十年前身处贫困线的人，十年后有 61% 还在原来的地方挣扎。都说教育改变命运，可在这里，教育更多是富人的锦上添花。

2014年以前，纽约的公校采取ABCD评级制，教育部门每年对公校进行各方面评定，包括教学质量、校方的管理水平、教师的团结、家校互动关系等等。公校的资金一部分来自学区居民缴纳的地税，一部分来自家长捐款，因此A级公校基本集中在为数不多的几个富裕的街区，只要能够负担高昂的房租，无论国籍出身都可免费入读。而B-的学校无一例外集中在低收入社区，充斥着暴力和毒品。新市长白思豪上台后，把等级改成委婉的表达，B-变成了"Approaching Target"（接近目标）。

许多中国家长向往尊重个性的美式教育，却忘记这个国家的价值观乃从盎格鲁－撒克逊人身上继承而来，强大、卓越、进攻是它永远不变的基因。只要能够让美国持续领跑，那么不管是否貌丑、暴躁，有无不良嗜好，甚至操守有无问题，仍然可以征服民意。强者是美国说一不二的领袖，只不过随着人类逐渐脱离蛮荒，学会了用漂亮的蝴蝶结来粉饰依旧残酷的丛林法则，这就是政治正确。

只有当你真的走近前去，比如拿着全额奖学金进入菲利普斯学院读高中，你才会看见藏在那些高级西服口袋里的枪。

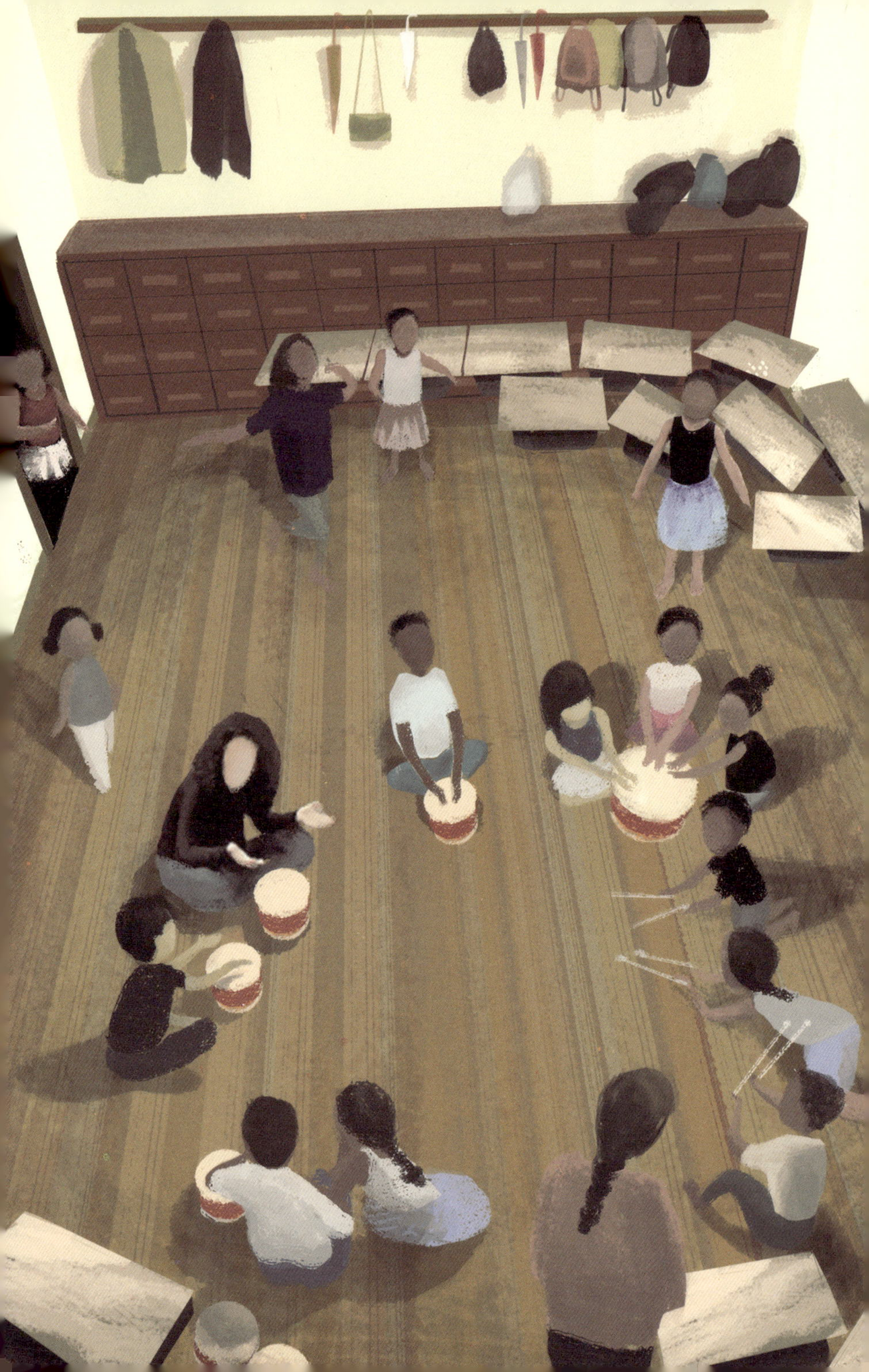

美国与中国教育的真正区别，不过是委婉的"Approaching Target"与残忍的"B–"而已。纽约有850万人口，对应的是超过1800所公立学校、2000多所私立学校，而深圳700万人口，公私校合计大约只有450所。中国的教育只不过因为如此短兵相接，才显得更为残酷而让人恐惧。

这就是一场比赛，无论在哪里都要决出胜负。

只有一条规则不同，就是在崇尚个人英雄的北美社会，天才极少被现实吞噬。可是中国不是这样。才华不是汉民族重要的品质，应试亦非中国教育的全部真相。朋友们常感叹，在中国最厉害的人永远不是当年班上成绩最好的。记得幼儿园的老师曾告诉我，我的孩子学习很专注，但太害羞，这个是社交上的短板，要快点补起来。我实在是明白她的苦心。中国并不适合恃才傲物的人，长袖善舞、圆融通达才是人生这场马拉松后半程的得胜关键。

我突然感到自己进行的这场实验是如此滑稽。这不过是一个昂贵的新型旅游项目，是一记看似花哨实则畏畏缩缩的安全球。将一个灵魂的希望寄托于名校，就像珠宝之所以存在是因为它的主人不会发光。我也无非是这样一个人。

第一个冬天快要开始的时候,我带着孩子们,当着所有同学的面,走向那群结队前往课后托管班的黑人孩子。他们一起用便宜的彩纸做草裙,在那由教堂改造的、逼仄的办公室里玩旧积木,打非洲鼓,唱 hip hop,渐渐跳起街舞来也有点样子。这个班级在地下室,四面无窗。几年后,应该会有极少数的幸运儿得以登上地面,而让底下的大多数不至于绝望。

可他们真正的希望是什么呢?

这是一个让我感到威胁的问题,也是一个真正值得思考的问题。

公转自转

在哥大,我认识了 Amy 一家。她是一名香港财经记者,与我年纪相仿,同在 2014 年入学。Amy 被声名赫赫的新闻学院录取,每日来去匆匆赶采访。我对她说,我自大学起就仰望杰斐逊的雕像,无奈通不过那难过登天的入学考试,只好嫉妒地看你们坐在露台上抽烟,一支又一支。

新闻学院的硕士课程比我短了整整一年,却需拿到与我同等数目的学分,Amy 因此忙到天昏地暗,几乎连睡觉的时间也无。她有一个彼时才刚满两岁的儿子,丈夫 Gilbert 辞了职全职照料。每周六当我们在梅老师家聚首,就算是两位学生妈妈一周下来唯一的歇息。

Amy 毕业后进入一家杂志社干老本行,成为一家三口旅居纽约唯一的经济来源。记者可算是美国白人比例高得惊人的职业之一,他们住在哈林区一间小公寓里，日子过得并不宽裕。Amy 曾对我说，她想回香港，想回家。

2015 年的冬天很短，转眼我也快要毕业了。Amy 怀着第二个宝宝，继续在杂志社早出晚归。我忙着收拾行装，准备举家返程。一来一去，两人好几个月不曾碰面。直至我临行前两天，她突然发讯息过来，说她也准备回国了。

美利坚已不再是每个新移民愿意不惜一切代价留下的梦。

我为她感到高兴，这意味着日后我们可以常见面。我把公寓里的一些家具留给了这个即将迎来新生儿的小家庭，其余全部捐给疾病救援机构，头也不回地返抵中国。

我一直在等待着 Amy 的好消息。

一周后的早晨，我打开手机，终于等到了她的消息。

她在生产时去世了，孩子活下来了。Gilbert 说。

我盯着手机屏幕，一个字也说不出来。

我站在路口四下张望，那是个台风天，深圳挂起了红色风球，全市停业停课，风却没刮起来。整个城市陷入一片空荡荡的莫名其妙的静寂。

餐馆倒是开着的，里面一个顾客也没有。

我坐下来点了一份炸猪排便当。热腾腾的香气扑面而来，我大口大口地吃。

却不知什么时候开始泪如雨下。我用力地，吞下自己的呜咽。

对一个母亲来说，这种告别的方式不仅让人感到悲恸，更让人感到恐惧。

我的表妹Julia是个在美国土生土长的女孩子。去年她下班回家时在皇后区一处街角目睹几个街头青年围殴一名小学生。她挡在那孩子身前夺下对方手里的刀，警察来时却发现她的袖子浸满了血，当即呼叫救护车。

"我只是气愤。几个大人打一个小孩子，就快要把他打死。街上围观的人那么多，却没有一个愿意站出来。"她说。

Julia的手臂缝了三十多针。她母亲后怕，几个晚上睡不着觉。

"你报警就好了，干吗要自己冲上去？"

"这是你们，这叫什么来着？明哲保身。"

"不，"她那做医生的母亲说，"死亡是每个人都要去的地方。我比你孬种的唯一原因，只是因为我是你母亲。"

我们不仅害怕子女受伤，也害怕自己生病。

如果我倒下了，他们怎么办呢？

自我儿子出生这九年来，我连发高烧都不敢有。

记得有一年只身在泰国度假，我认识了一位来自芝加哥的女士。她当时六十八岁，打算一个人在东南亚游历两个月。由于我俩都没同伴，被安排共骑一头大象。那是一头力量充沛的年轻大象，还没等我坐稳，它"呼"地站了起来，把两人瞬间从平地带到两米多的空中，然后开始疾步前行。

我在它的背上东摇西摆，只觉头皮发麻，两耳蜂鸣。那位头发花白的女士却嘴角带笑，气定神闲。她侧过头看着满脸苍白的我，温柔地说："亲爱的，你感到恐惧是正常的。因为你家中还有年幼的子女。"

自从做了母亲，每一天我们都战战兢兢地生活。每条僻静的马路我们都要反复察看才敢穿过；每一次搭乘没有防护门的纽约地铁，我们都小心翼翼地背靠着墙壁等车。我们不再为了省钱搭乘廉价航线，也拒绝了朋友们挑战惠斯勒滑雪黑道的邀约。曾经无数次在时代广场 Ball Drop 跨年之际牛饮狂欢的我们，如今宁可在家里捧着可乐看电视转播。

可是今天，当我坐在一份猪排饭面前泪流满面的时候，这一切匍匐和卑微到头来有什么用呢？我们能不能从此自我安慰——不管离了谁，地球照样转？

一个月后，Amy 在香港下葬。她终于如愿回了家。

也许唯一幸运的是，我们终究还会再见吧。

正义与正确

大学是高度政治化的是非之地，哥伦比亚大学，众所周知，是美国老左派的大本营。2016是大选年，民主党的竞选广告在校园里铺天盖地，贴满了包括厕所隔板在内的每个角落。在这个讲究政治正确到了变态的国家，身处纽约的学校更是决心把一切可能被诟病的操守死角全部清扫。从录取过程中的种族公平、女性院长的比例，异见人士的言论自由，到男女混住宿舍和最近非常时髦的LGBTQ议题，政治纠错的旋风一阵比一阵猛烈，刮得大家反倒没了言论自由。

社工学院关注弱势群体，自然也是左的。以美国常见的白人警察射杀黑人男青年的案件为例，每次发生此类事件，上下七层楼几乎所有教室都会成为民权法案的释法课堂，就连邮件收发室都被占领，学生们横七竖八躺在地上抗议示威。

正确并不等于正义。我入学第一周，一名哥大本科四年级的女生登上了电视新闻节目，批评校方在处理其强奸案时的不公正及不作为。为了敦促学校驱逐依然逍遥法外的施暴者，她身背一张双人床垫在校园游行，吸引大批媒体报道，成为举国皆知的重大事件。也许是为了保护隐私，对那男学生处理结果最后并未通报，但半年之后，学校设立性尊重（Sexual Respect）办公室，开通全天24小时的保密热线服务，所有教职员和学生则被强制要求再次参加性骚扰普及教育。我和一位获得过诺贝尔经济学奖的老教授坐在一起接受教诲，被板着脸的中年女教师警告任何非阴道性行为都可被视为强奸。

"在这里，学生大过天。"老教授说。

彼时我还在适应繁重课业，整日为论文疲于奔命，人生丧失大半尊严，这话只好当成笑话来听。

第二学期进入专业课的学习后，一位年轻的博士生成了我的老师。几次课下来，我察觉她有严重仇富情节，几位穿着考究的中国女生，仅仅因没有在书本上用马克笔画好重点而受到苛责。学生们

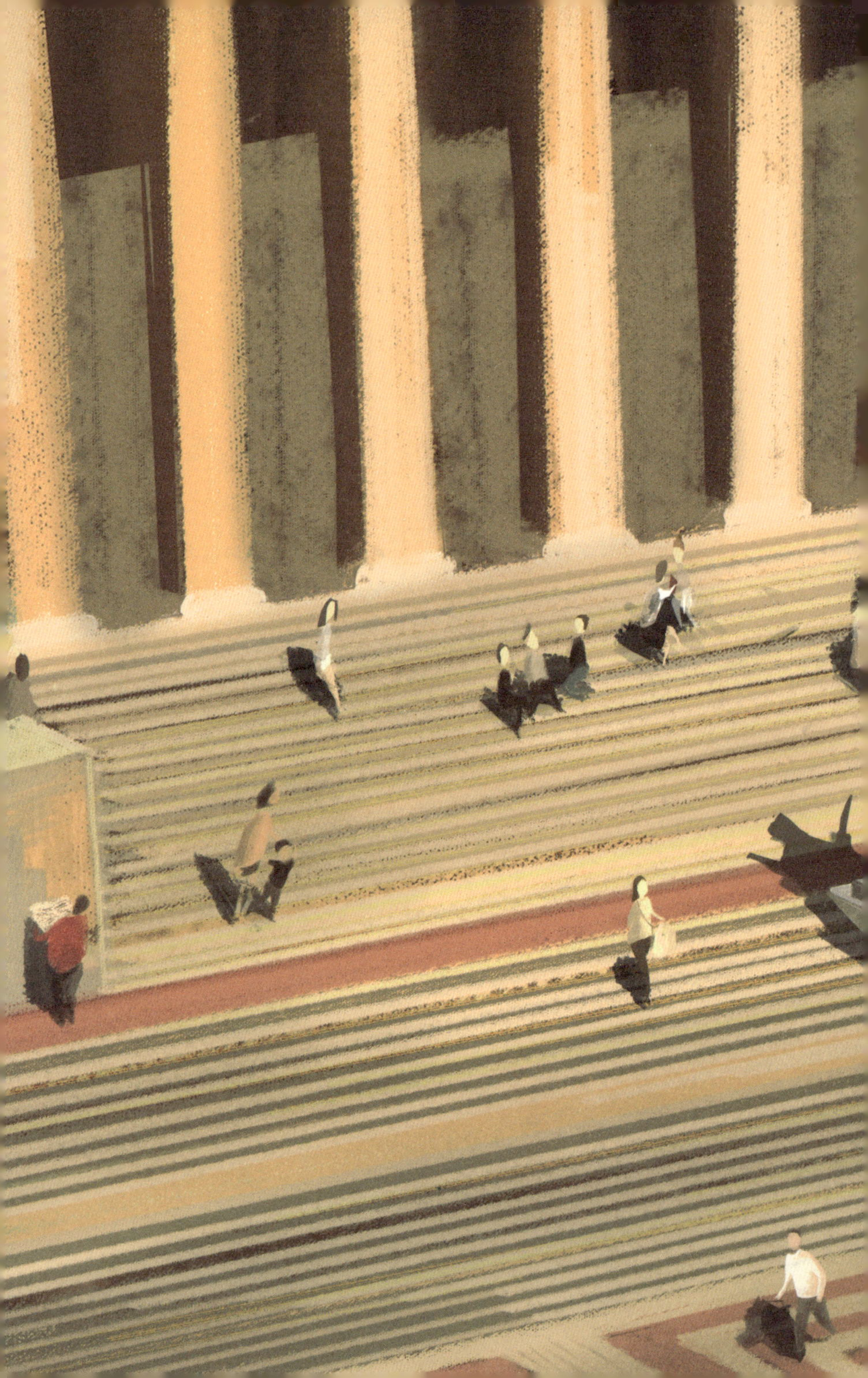

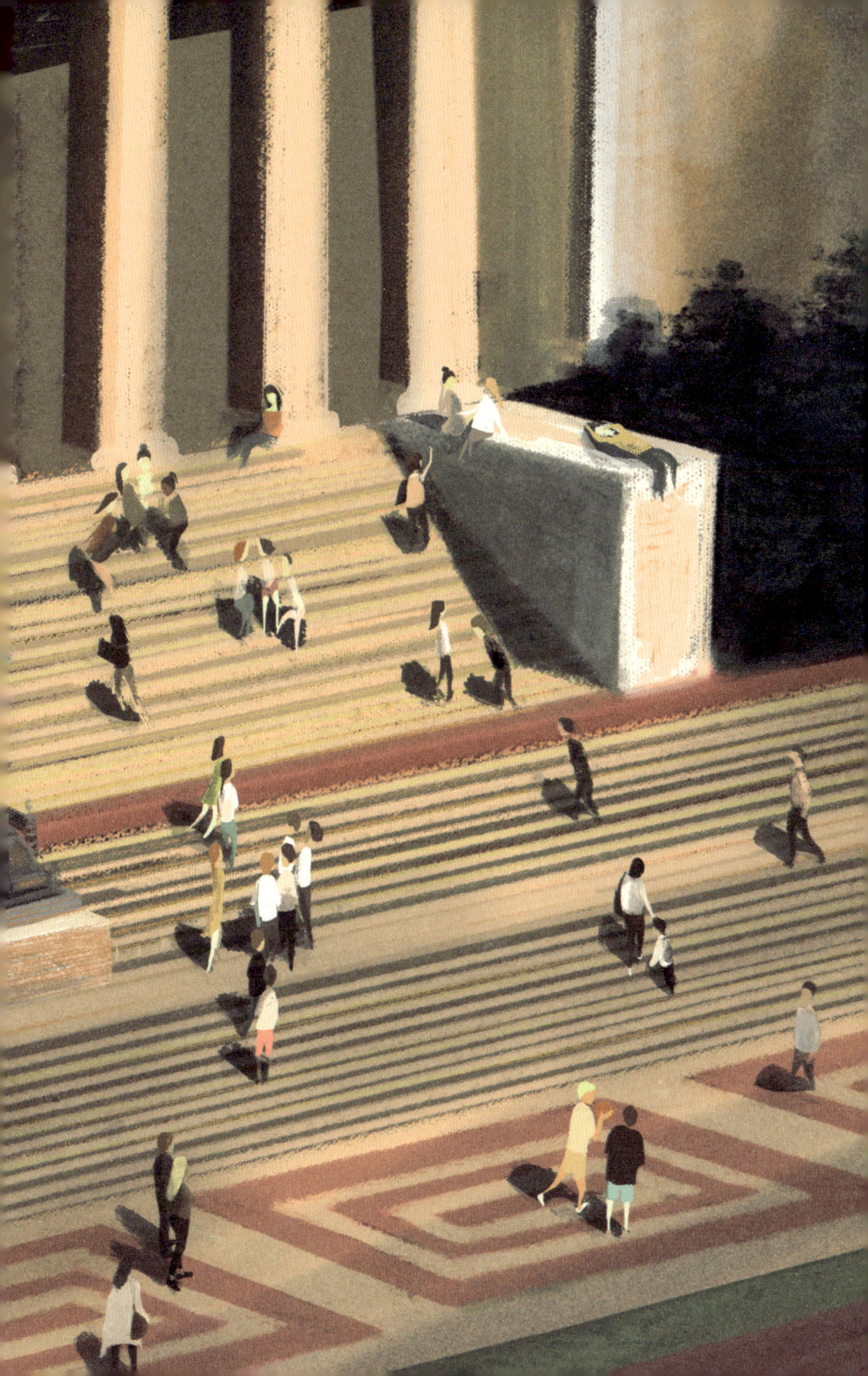

放假归来，她依次询问各人如何度过，我老实作答："乘游轮去了巴哈马。"

"哼。"她轻蔑地撇撇嘴走开，从此再不拿正眼看我。

她把学生们叫到一起座谈，命大家讲述自己受到不公正对待的经历。一位家庭美满的白人同学在强压之下只好信口开河，捏造幼年被家暴的故事以蒙混过关。讨论安乐死的时候，一名学生因持反对意见而遭到谴责，这年轻气盛的教师，居然要求全班学生共同批判这"让人难以置信的观点"。

我感到情况失控，决定向学生处报告，我写道，因不贫穷而遭审判，因不残缺而被孤立，既然如此，人们为何还要追求幸福？

这是我生平第一次对自己的老师发起投诉，并未抱多大期望能发挥作用。

一周以后，负责学生事务的副院长发来邮件约我面谈，信里还特别注明，会面是保密的。

我把邮件转发给其他同学，并附言：如你愿意说话，请于某日某时前来，如不，也不要紧，我只代表我自己。

没想到，一半的同学都来了。院长打开门时，露出非常惊讶的表情。他坐下来，掏出纸笔，温和地对我们说："好了，现在，请告诉我发生了什么。"

学期结束后，那名教师没有再接到学院的聘书。

在这晨边高地，大大小小的事，只要言之有理，再加点死缠烂打，软磨硬泡，都能扭转乾坤。比如，考试没得到理想分数，教学楼没有热水供人饮用，或者微波炉太少。系里又有几位同学，奋斗了整整一年，终于说服教务处拆掉三楼的男厕所，将其改造成无性别的洗手间，目的是方便少数持有双重性别的教师和同学。面对授课内容过于陈旧的批评，老教授们也会争辩，"传统自有存在的道理"，学生毫不客气，"可惜时过境迁"。

这是事实。随着美国经济的核心驱动力向西部移动，近年来东岸和新英格兰地区的常春藤诸校在学术界的地位与民间的人气，均已被加州后来居上。奥巴马宁可去马路对面的巴纳德女校作演讲嘉宾，也不愿来自己名义上的母校哥伦比亚大学站台。我毕业那年虽然请动了即将卸任的联合国秘书长潘基文，不少年轻学生却更羡慕麻省理工邀来的电影明星马特·达蒙和伯克利大学邀来的 Facebook

COO 雪莉·桑德伯格。这个时代的年轻人较往日更为冷静理智，渐渐面对政治人物的振臂高呼不为所动。他们更关心如何通过教育在现实世界取得成功。

全美收入最高的大学校长博林格在 2015 年哥大毕业典礼上演讲的主题是"包容与对话"。他说："我希望你们所有人，在参与公共讨论时展现出受过良好教育的宽大胸怀。"

若放在十年前，这话恐怕已经让我热泪滚滚。如今我却知道，这位法学名家曾因为新生录取政策中包含种族歧视而被告上美国最高法院（参考 Gratz v. Bollinger 一案），而那位背着床垫游行的女生 2014 年毕业时，校长拒绝与她握手，也没有送上祝福。

启发民智，改变世界，是哥大乃至一切高等教育之使命，但这世间的大多数，仍然只是凡人。

因为是凡人，年轻的教师不懂她的黑却是别人的白。

因为是凡人，白皮肤的老校长无法真正理解包容是必须付出实际代价，包括他本人的尊严。

但是，也正因为是凡人，虽然负气地背过身子不握手，他仍然允许那女生扛着床垫出现在毕业典礼的摄像机前,让那民不聊生的性教育课至今还在继续。

女教师一年后恢复了教职。新生们说,激进的性格还在,却学会了只留给自己。被指"过时"的老教授们,虽然感到委屈,依然更新了参考书目。

至于那期末考前躺在大堂地板示威的做法,或许并不理智,但老师们仍愿妥协,拿着考卷站在一旁静静等候。

"这虽然艰难,却是必需。"演讲的最后,博林格说。

就是这样,年轻学子渐渐觉得,这个世界仍有希望,在这里,有一束光永不熄灭。

In the light shall we see light.

归去异乡

搬家到纽约来的时候，我们四个人每人只带了一口箱子。孩子们很简单，几套夏衣，几套冬衣，以及他们睡觉离不开的小布偶。跟所有老阿姨一样，妈妈带的是海鲜干货、消炎药和风油精。我把所有不中用的连衣裙、手表和皮包全部封存，仅装了几件穿旧的T恤、优衣库的羽绒服、一双球鞋和一双平跟鞋，登上了飞机。很久没有搭乘经济舱越洋旅行，十六个小时坐下来，食不下咽，双腿肿得连球鞋都塞不进。

孩子们倒是兴高采烈，看遍所有动画片以后，两人甜蜜地抱在一起酣睡起来。

我是希望自己也能如此重新享受这经济客位，便如睡在八百支埃及棉的床榻之上。考究奢侈无需教，随遇而安不易养。如果钱能买到的只是一种单调的豪华，我宁愿用它去更远的远方。

我们落脚在曼哈顿的公寓大约七十平米大小,楼里没电梯,屋里没有洗衣机。我需在餐桌上写作,孩子们坐在一只矮柜上练习电子琴。第一个月我没睡过一个整觉,因为高低床实在太窄。喜欢爬高窜低的女儿却觉得这是世界上最棒的卧室。

但这并算不上苦中作乐。地方虽小,仍然是上西区中央公园旁边的两卧公寓,而非法拉盛地下室的沙发床。

记得在《北京人在纽约》续集脚本里,1992年的西96街还属于破败的哈林区,王启明刷完盘子坐在马路牙子上抽烟的模样,才是我印象中的美国梦。

我的姑姑1989年来到哥伦比亚大学攻读医学院,夫妇俩依靠不多的积蓄勉力支撑。她回忆道:"那时一边赶实验报告,还要烹制一日三餐,女儿早晨总是半饥半饱赶到学校,是一位同学的妈妈,每日等在校门口为她梳上马尾和扣好衬衣。"

1994年爷爷奶奶赴美参加姑姑的毕业典礼,本可以延期探亲,却不到三个月即返。爷爷说,房子浅窄,街道恶臭,更糟糕的是既聋又哑,无处可去,活像个笑话。他直至去世再无踏上北美一步。

2004年我初抵加州时,中国留学生的境况已有大的改观。这些来自北大清华的理工研究生,拿着常春藤一类名校丰厚的全额奖学金,再也无需重蹈王启明的覆辙。他们不再是底层移民,只能被纽约的地铁无尽碾压;也不再去唐人街的福建餐馆没日没夜地打黑工,当个助教已足够补贴约会的费用。那个年代中国大陆留学生严重阳盛阴衰,因为文科生不容易拿到奖学金。读数理化和会计的女孩们于是成为稀缺资源,一众男生人人自危,只得把四化建设暂时放下,转而钻研起周传雄和海子来。

我本不是这其中一员,既无那出众智力,也欠缺对于北美郊区中产生活的向往。只是因为恰好同时来到伯克利而相逢,竟然成为了长久的朋友。那时没有社交媒体,每次落地旧金山,临时打一通电话,当晚就能在"小湖南"攒出个不大不小的局来。这些人也算得上青年才俊,毕业后却渐渐收敛学生时代的倜傥,和某位其貌不扬的女同学搭伙过起了小日子。几年后在房价适中的学区买一处还不错的公寓,偶尔接父母来住住。

我的书架至今仍有一本名叫《站着相爱》的网络小说。每次重温他笔下那坐在冬日阳光里喝着星巴克的男主角陈北,看他技术娴熟地捕猎女孩,渐渐把二手破丰田换成了崭新的宝马,同时为了办工作签证、绿卡，以及日复一日的码农生活感到焦灼和茫然，总能让我想起"小湖南"里的那些饭局来。

如果说上世纪八十年代末的留学生活是艰辛的，十年前更多的是无尽的寂寞。就连上床的时候都是寂寞的，他们说。

这场宴席如今已随着多数人的回归而消逝，陈北们也早与当年的女同学拆了伙，为她扛米开车修电脑的往事，只剩一丝转瞬即逝的萧索。而带着这些陈年回忆再次回到美国时，我从年纪最小的姑娘变成了"德高望重"的 Didi 姐。赴美留学的中国学生人数从昔日的六万增加到三十万，所有的一切都变了样。第一天的迎新派对在曼哈顿中城的一处 rooftop lounge 举行，女生们穿着红底高跟鞋，殷勤地和商学院的学长喝威士忌。所有的学校，从常春藤到社区大学，都是爱打高尔夫球的年轻同胞。周末总不在城里，或者飞到洛杉矶的哈利·波特主题公园，或者往上州滑雪。他们不再去"小湖南"攒局。

我喜欢和这些孩子在一起。他们在更开明的父母身边长大，拒绝使用英文名字，西方民主那些陈腔滥调在这里并不畅销。一日我与同学 L 逛超市，结账时排在身后的一位美国老太打断我们说话："这是快速通道，购物车里不能超过二十件物品。"

我一看指示牌，哟，还真是，自己没注意，正准备道歉离开，L开口了。"女士，很不幸，这里是纽约，请看看你身后，"他抬手指了指，"谁的车子里没超过二十件呢？"

老太很不高兴，她说："规矩就是规矩。"

L笑一笑："只对中国人才讲的规矩，恕我不能买单。"

他姿态潇洒，语气轻松，说完还对年轻的女收银员挤了挤眼，让我哑口无言。

哥大是出名的自由派学校，社工学院更是个中急先锋。学院在教室门口展出一系列摄影作品，关注中国的环境污染问题，我每次路过，总见外国同学们驻足观看。有一天围观的人群突然加倍，人头攒动，挤过去一瞧，只见每幅照片旁都贴有一张便签纸，上书："既说中国问题突出，比较数据在哪里？""意识形态不同＝污染特别严重？""只拍污染，不拍治理，新闻客观何在？"……

第二天，所有照片都用不透光的布幔掩上，自此教学楼再无针对单一国家的展览。

这些刚刚离开父母的年轻学生，在过去两年里持续投放问卷，

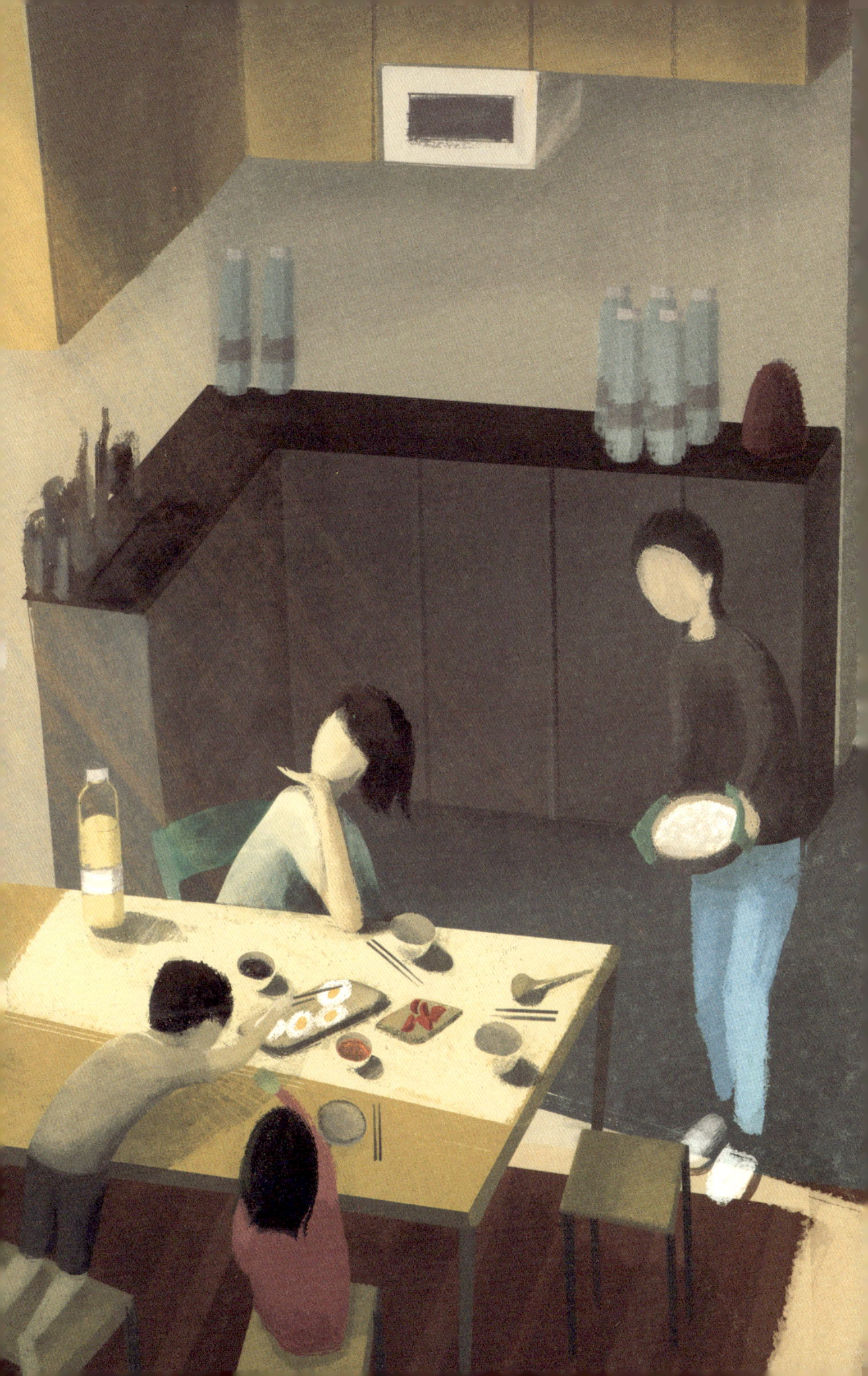

收集民意，直接对话院长抗议对待国际学生的双重录取标准和学制计划。他们反客为主，用对手的方式来做自己主张。这大概算是扬眉吐气吧？

可依然会寂寞，甚至有增无减。以至于上辈人要纠结个好几年的回国问题，此时已是毋庸置疑的决定。毕业典礼刚过，已是人去楼空。

临行之前，我带着孩子们去姑姑家作别，巧遇她的一位好友带着正读高二的女儿来访。少女腼腆寡言，问起打算考何所大学，只吐二字：Cal Tech（加州理工学院）。

何种专业呢？

天体物理。

她瘦削的脸上有一种坚毅吃苦的疲惫神情，只有在说出学校名字的时候，眼睛里射出一束灿烂的光。我突然有种岁月倒流的感觉。

从姑姑家出来，我们一同结伴去乘地铁。女儿在车上犯困，撒娇直要零食吃。我两手空空正为难，那少女掏出一个纸包递过来，问：吃吗？

我愣住了，那是一小包快餐店冲咖啡用的白砂糖。

她说：我一直把这当零食吃，很好吃的。

我接过来，小心撕开一个口子，倒进女儿嘴里。她从没吃过这纯粹甜的糖，马上恢复了大半的精神头，激动地对我说：妈妈，这是白糖！你吃过吗！

我摇头，轻轻拭去沾在她唇边的两粒糖，心里却是苦的。

地铁在幽深的隧道里飞驰，但乘客们一动不动。每个人脸上好像都有一丝若隐若现的坚毅吃苦的疲惫。

也许，只要是糖，毋论出身都是甜的。又也许，只要是甜的，我们就可以称之为糖吧。

总归是异乡。

最好的教育,不用走后门

五岁那年,有一天妈妈突然对我说:你要准备上学了。

我当场有点懵,结结巴巴地说:可我,我不会吃饭。

但妈妈心意已决。

开学第一天新生体检,测试肺活量的时候,我鼓起腮帮,涨红了脸去吹那个巨大的浮球。可医生却盯着我道:你肯定不到六岁。

我至今还记得,她的眼神像针头一样,扎得我头皮发麻。回到家我垂头丧气地对妈妈说:完蛋了,我被医生发现了。学校会不会把我赶出来?

妈妈直说没关系,可我仍然怕得要死,想象着第二天在学校门口被那位医生当众揭发的情景。

那一晚,是我人生中第一次彻夜无眠。

我的班主任至今还在调侃我发现妈妈开溜后在课堂上号啕大哭

的事迹，她并不知道比我更小的孩子是如何度过小学第一天的，比如四岁的熊猫。

他一直独自蹲在沙坑里玩土，直到老师发现教室里少了一个孩子。

都说年幼的孩子不记事，可我俩都对当年的恐惧深记在心，父母听了却只是哈哈一笑。

凑巧的是，许多年后我们升级成父母，竟又一次面临这道选择题。搬到纽约办理入学时我们被告知，女儿出生于一月一日，而纽约市的入学年龄线，不早不晚地落在了十二月三十一日。这意味着如果遵守规定，比她大一天的孩子却可以比她早一年毕业。

我问招生处能不能通融。瘦削的西班牙裔女教师看了我一眼说，在教育里，任何规定都有它的道理。

就这样，女儿没能进入学前班，而在幼儿园大班多待了一年。她成为班上个头最大的学生。当她趴在地上搭积木的时候，学前班的孩子已经达到了 Level C 的阅读水平。邻居家的射手座男孩每天穿戴整齐的校服走进学校，带回一座又一座奖杯时，女儿在中央公园的那些单杠上猴子般荡来荡去，收获了强壮手臂肌肉。

一年以后，身为家中幺女、自幼得到全家宠爱的小姑娘，在学校主动承担起大姐姐的责任，成了一个受到幼儿爱戴、初具领袖才能的孩子。老师还告诉我，由于年长，她的智力发育更完整，在同班学生中学习能力更强，这使她的自信得以壮大，摆脱了过去的敏感和脆弱。

我们都知道，无论在中国还是美国，天才永远不必遵守什么狗屁规矩。但我的小姑娘不是其中之一。每科均取得4分卓越的成绩，不是靠天分，而是靠她自身的勤勉得来。但我不愿趁热打铁，训练她去应试那纽约的资优班（Gifted&Talented）。我选择遵守自然规律，而无意培养我家第二代少年大学生。常听说国内一些培训机构十分火爆，不仅家长要拼网速报名，孩子还需层层面试才可雀屏中选。我问朋友们，为什么补习？他们回答，因为其他孩子都去啊。

家长真是这个世界上耳目最多、消息最灵通的职业。因为其他人偷偷摸摸地去了，我也要发动所有关系让自己的孩子进这所学校，找这个老师，上这个奥数班，考这个专业，与这样的伴侣结婚。

只不过，如果所有人都做同一件事，为什么最后你会比其他人更出色？

更奇怪的是，许多号称快乐至上的家长，也莫名其妙地加入了这场名叫焦虑的"奥运会"。

我刚做母亲时，也曾听从家人安排，把孩子们送进了一所盛名在外的幼儿园。可来到纽约后，全部社会资源清零，只能老老实实按学区上学，并服从分班。美国的家长私底下也会嘀咕，某班教师特别优秀，某某家的孩子真幸运……

一名新来的年轻女老师成了儿子的班主任。这位华裔教师从来没教过一年级，自己也没有小孩。可与她朝夕相处两个月后，有一天儿子对我说：Ms.Y是我最最喜欢的老师。

比以前幼儿园的老师还喜欢吗？我问。

他笃定地点头，嗯。

我写信给老师：你用两个月赢得了三年的心。

她回信：我刚来美国时也是他这么大，却没有任何人帮我。我不想让您的孩子再次经历我所经历的一切。

我没有像从前那样，借着这个契机跟她拉近关系，也不再逢年过节给这位老师送礼。我只写过一张小额支票，由班委会集资购买圣诞礼物。对一个习惯用购物卡给孩子买平安的家长来说，五十元一年的投资曾让我十分忐忑。

可是每天发回家的作业本上，永远画着一颗心。偶尔还有一段话：今天是你第一次举手，全班为你骄傲；今天你能用英语说一个完整的句子了，加油。

离开纽约前一天，我在学校门口等她下班。

言语无法描述我的感激。我说。

她抱着我笑：这是我的工作呀。

大家可能会说，这是你运气好吧。其实不然。大多数老师最喜欢的家长，不是有钱有势，亦非溜须拍马，而是真正愿为子女认真地写一封信，走进办公室与老师面对面交谈一刻钟的父母。

中国的老师也是一样。大多数人是敬业而诚实的，他们渴望家长的理智远胜过那只红包。

因为没有表现诚意或动员社会资源而丧失了入学机会，我不是没有遇到过。可这未尝不是一件好事。我不想继续用这种获胜的优越感去掩饰自己的胆怯——人有我无的胆怯，输在起跑线上的胆怯，以及"不是最好"的胆怯。

人生不是奥运会。它是田忌赛马。

最好的教育,不用走后门。最好的教育,最坏的教育,永远都在家。

对不起，我没有名片

前些日子脸上长了一颗粉刺，本没怎么在意，打算任它自生自灭，直到有天洗脸把它蹭破，留下了一个红疤痕，久久不见消散。去问皮肤科医生，以前不会这样啊？他看了看说，正常现象啦。

"你的意思是，"我有点狐疑，"年纪大了？"

他点点头，同情地笑了笑。

又发现头发掉得厉害，洗澡时一把一把脱落下来。向发型师抱怨美国的水质有问题，那韩国男人摇摇头：" No, it's aging."

那是我第一次光顾，居然如此不客气。

朋友们常常问，皮肤好似会发光，身材也不走样，有什么秘诀？我告诉她们，用钱堆出来。

可即便这样，还是老了。

美术馆再也不给我任何门票优惠。我开始钻研有机奶酪和菲利普斯学院。过去总觉得商店里的衣服老气横秋，如今都想捧回家。以前并未发现祖母绿耳环这么好看。

上个月回国，我穿了一双十块钱的白球鞋，许多长辈问道："这鞋你从哪里找来？"他们的表情不像在开玩笑。连妈妈也看不过去，叫我别再穿它。

人到中年，体面变成一件至为要紧的事。

一位好友常对我讲，你是为着理想生活，而我们还在为生存奔忙。他并不知道，早晨他坐进华尔街的办公室喝着秘书准备好的咖啡的时候，我正背着十几斤物料在零下十度的中城街头东奔西跑。三十几岁再次当实习生，是个多少有些尴尬的时间。既没有二十岁不需要睡觉的超能力，又没有四五十岁的德高望重。本应在名利场上使出全力的年纪，我却在整理办公室的仓库，更换被汗渍浸透散发着怪味儿的头套。联合国大会期间，每日早七晚七兼周末无休，我的生物钟被彻底打乱，整整两个礼拜睡不着觉。

容颜渐去，加上记忆力和体力的减退，让我更为珍惜那件唯一没有变老的东西。我把整个成年人世界全部留在中国，断绝一切社交派对，终日与学业和工作为伴，这样偏执地过着一种躲在角落里的生活，无非是想拼命保存住那件东西。

九月的一日，某大国驻联合国代表来访，一位主管先生提前到场检查，他突然指着在收拾资料的我问，这是谁，让她站到一边去！我笑了一笑，默默退到后面。

到了次日，我换上正装参加会议，结束发言以后，这位仁兄小步跑过来与我握手，递上名片。

"抱歉，"我说，"我是学生，没有名片。"

"啊，没有关系，留着我的，请随时联系。"他说。

岁月送给人最好的礼物，是不需要名片装点的自尊心，和站在 Jimmy Choo 上的梦想。

就在巴黎袭击事件发生前不久，一位叫 Amar Bakshi 的年轻人在纽约搭起了一个占地仅两平方的帐篷。公众可以预约二十分钟的时间，走进这个像随意门一样的篷子，与远在约旦难民营里的叙利亚难民进行实时面谈。我遇见了三名男孩儿，十几岁的他们长着漂亮的黑眼睛，穿着夹克衫，好奇地看着地球这头的我——一个身在纽约的中国女性。我们像朋友一样闲聊，我问他们在营地里都干些什么，有没有在临时学校里念书。他们很害羞，可还是忍不住一直打量我。我笑，他们也腼腆地笑。

我们的交集本来只有几百万分之一的可能性，可由于 Amar，它变成了百分之一百。

走出帐篷，抬头看到的已是不一样的世界。

是 VR 虚拟现实技术让这些男孩儿的日常生活成为触手可及的影像。站在联合国总部的我，看得到他们一边打电子游戏一边在招呼我："快看！我赢了！"他们在操场上踢球，喧哗打闹，以图吸引女孩子们的注意，他们跑过我身边时，我伸出手去想抱住他们。无数人在摘下 VR 眼镜时泪流满面，即使里面的内容并不悲伤。

站在巴黎街头对着人群扫射的是他们的同胞。他们也曾有漂亮的眼睛，想要好奇地看世界。现在我时时想起那三张羞涩而善良的面孔，他们对世界的希望如何穿越扎泰里愈加厚重的阴云。

世界渐渐让人无能为力。孤单，恐惧，焦灼。即使每条街都站着两名全副武装的警察，人们也无法感到安全。然而上班还要继续，还要清空感恩节时的购物清单。在扑面而来的生活面前，没有人是防守型球员，而梦想并不能保护你不被撞断手脚。人们说梦想是奢侈品，只有金字塔顶端的人消费得起，剩下的大多数不过是市场营销过后的一只马桶盖。也有的人，即使情怀辽阔，仍然是个让人讨厌的家伙。无限与未知从未如此让人沮丧。电影院里的明日世界也无济于事。我们都想与时间赛跑，但恐怕已没有多少胜算。

可我不想停下。即使一切终要退去，依然需为世界留下片刻光芒。

寂寞的堡垒

考入哥大，对于十几年前的我而言是可望而不可即的事。一则太贪玩，不愿牺牲谈恋爱的时间来背单词；二则不懂经营履历，未曾谋求名气响亮的实习职位，或达官显贵的一纸荐书。大学毕业前，我第一次向新闻学院递交申请，结果自然是石沉大海。

再次点开哥大的官网时，一切变得简单多了。不用绞尽脑汁地去想如何填满工作经历，更无需上留学论坛查什么PS模板。提交完文件后我几乎忘了这件事，以至于二月末因为春节而漏掉了视频面试的邮件。

进入哥大，办好学生证，从东亚研究所老旧的楼房走出来，我站在台阶下遥望端坐在中央的智慧女神。她张开双臂，目光坚定地守护着这所古老的学校。环绕在周围的是两排如雷贯耳的楼房，依旧保持着一百多年前刚刚从中城搬到晨边高地时的模样，赭红色的外墙，浅绿色的房顶，薄暮中笼罩着一层淡淡的金光，好似一幅毕沙罗的画。

在中国，大部分城市每过两年便会面目全非。对于成长于其中的年轻人来说，时间是残酷片段，是已逝的瞬间，除却记忆，无从追溯。而这个地方却像一张缓缓流动的照片，让人看到了时间温柔的一面。应该会永远存在下去吧，真是值得庆幸呢。

当然，收拾起观光的心情坐进教室的第一天，心中对常春藤的威名抱有强烈敬畏。教授恐怕严厉得很吧，同学应该都是精英。环顾四周，心里暗暗叫苦，如不勤工，恐怕拿不到这张文凭。

结果却让人大跌眼镜。开学两个月后，发现部分课程内容浅薄，与本科相差无几。上课时间缩水，每节课比别的学校少去一个小时。那些资历极浅的教师，照本宣科令人味同嚼蜡。至于我的同窗们，水平参差不齐，浑水摸鱼者亦大有人在。MBA课堂上只有我一个外系来的旁听生创建过公司。学院的兼职写作辅导员告诉我，他从艺术学院毕业后，在朋友的沙发上住了一年，只好靠这份零工赚点生活。

更滑稽的是根据学校排名来划分三六九等的社交圈。刚入学的新生连图书馆还没进去过，已经印好名片，把那顶著名的蓝色皇冠派发到每个陌生人手上。我第一次参加中国留学生聚会，大家的开场白好像都提前统一过似的。

"你好，我是某某，×××毕业。"

"你好，我从中山大学毕业。"我说。

对方讪笑一声，敷衍两句便托词走开。更有那"东岸名校相亲派对"，简直是我见过最让人哭笑不得的黑色幽默。

难道"常春藤"这三个字，真的变成旅游景点了吗？高昂学费的背后，究竟给予年轻人何种与这世界抗衡的武器？入学的第一个学期，就是在这种种失望与沮丧中度过的。

冬天来临的时候，我坐在刚刚打开暖气的图书馆里，决定停止抱怨。应该尽自己最大的努力，让后面的四个学期更有价值才对吧。即使是中年女人，时间也是宝贵的。

于是主动与教授们约见，不为拿 A，而是讨论课堂尚未解答的疑问或不曾谈及的话题。去参加各式有趣的小型讲座，法学系的最佳，躲开政要名流的高谈阔论。拜访过学校里每一座图书馆，流连于充满古典之美的 Avery 分馆，这里收藏着 1499 年那本神秘的

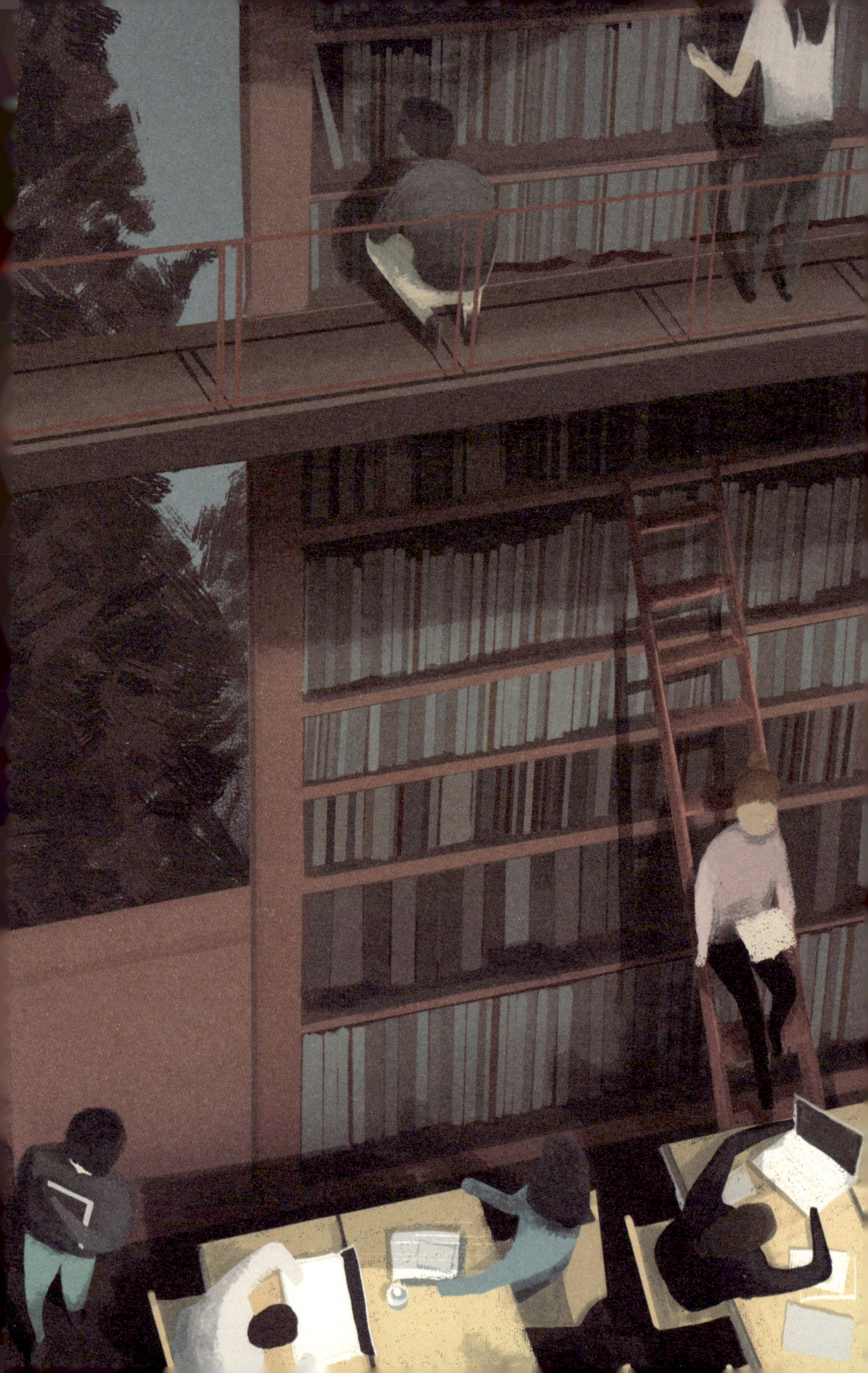

Hypnerotomachia Poliphili（《寻爱绮梦》）。这些图书馆只有在期末考试前才会一座难求，大多数时候它们冷寂清净，只有管理员坐在柜台后偷偷打盹。那地下三层如防空洞一般四壁森严的藏书阁，不知为何，一走入便觉和风拂面，好似置身夏日旷野。

圣诞节前的一个黄昏，我从教室出来经过哲学系，透过高大的落地窗向里眺望，有一位站在书梯上的女孩，吸引了我的目光。

离她不远的书桌后，刚下课的学生们熙熙攘攘地聚在一起闲聊，一对年轻情侣斜倚在她旁边的沙发里看电影。窗外正要归家的行人，神色匆匆，川流不息，有人一边走，一边大口啃着汉堡。校园大道两侧的圣诞夜灯这时亮了起来，喷泉缓缓落下，夜幕随之升起。

可这一切似乎都与她无关。她一动不动地站在高处，目光跟随着书本上的字慢慢流动，圆脸上散发着阅读中喜悦的光。

那一刻，我终于理解何为一流高等教育。

并非乌托邦，亦无理想国。名利喧哗，泥沙俱下，本就是立身的关键一课。然而我仍坚守这寂寞的堡垒，将世上所有智慧自那动荡的红尘中救起，等待着有一天不远千里寻找它的人前来。

Part 3

感谢城市有微光

住下来的游客

极短暂的春天于五月抵达了纽约。哥伦比亚大学的广场前搭起了盛大的舞台和白色帐篷，浅蓝色气球在巴特勒图书馆的四周飞舞。春日下，智慧女神熠熠发光。毕业典礼的那个最激动的早晨，校园里飘扬着一首歌，名叫 New York, New York。

从 1980 年开始，这首歌已经在扬基队的主场上空飘扬，球迷们手持啤酒杯一起合声唱着，迎接每一场快乐的胜利和伤感的败北。在歌里，弗兰克·辛纳特拉反复不断地唱着："纽约啊纽约……我要在这个不夜城里醒来……纽约啊纽约，我要成为人上之人……全靠你了，纽约啊纽约……"

纽约是一个威力无边的城市。许多外地人把它和疯狂画上等号，他们说："哦，天啊，纽约不是美国。"

曼哈顿无疑是这疯狂的中心。刚搬进曼哈顿的时候，我寄支票时总把落款写成"Manhattan, NY.",屡次被邮递员纠正过来,改为"New York, NY.",在行政区划里,曼哈顿叫作纽约县。

是啊,纽约,纽约!

这不是一个温柔的城市。每个初来乍到的异乡人都不会忘记这三个场景:时代广场变幻的霓虹灯,老鼠流窜的地下铁,和急匆匆恶狠狠的纽约客。在这里,你与迎面而来的人四目交投,得到的不是一个礼貌的微笑而是一张面无表情的扑克脸。你会被快步行走的人撞倒而没有一句抱歉。百老汇的剧院里,穿着貂皮大衣的老太太会皱着眉头毫不客气地说:嘿,挪开些,你压住了我的衣角。

这里是最富裕的物质世界,人均年收入逾十万美元,却亦是最冷酷无情的角斗场。在刚刚过去的历史上最寒冷而漫长的冬天,每天有六万多人无家可归。他们有些睡在曼哈顿最体面的中城,裹着破烂的棉絮,一脸不屑地瞅着摩天大楼里走出来的衣冠楚楚的白领们。

名流汇集的华尔道夫酒店门口,总有穿破球鞋的学生戴着耳机看小说,也总有成名演奏家穿着燕尾服站在地铁车厢里。

你家财万贯，我自在逍遥。在纽约，谁也不把谁当回事。

这不免让人感到孤单。特别是冬天，大西洋吹来阴冷潮湿的飓风，让整座城市看起来形销骨立。

也许，让人讨厌并不是纽约的脏与乱，而仅仅是这种置于繁华却孑然一身的惶恐吧。

"如我能在这里成功，我便能在世界上任何地方成功啊……"

不同肤色不同口音的年轻人和外国移民在行李箱里装着这样一个梦住进了曼哈顿。时髦的学生和艺术家们聚集在下城的SOHO。郎朗曾坐在华盛顿广场上弹琴。在同性婚姻合法的纽约市，公交车站的广告牌不是最新出品的名牌香水，而是关于同性伴侣如何养育婴儿的科普。某天早晨透过咖啡馆的玻璃，我看着一名六英尺高的英俊男人奔跑着跳进另一位男性的怀抱。他搂着男友的脖颈，双腿夹住他的腰，两人大笑着在街头转了一圈又一圈，送给玻璃这边的我很大的幸福。

这座狭长的小岛，地铁贯穿不过一小时，却连接着大相径庭的多重世界。从哥伦布圆环开始，曼哈顿展现出全然异于商业都会的面貌。这里有我最喜欢的波道夫·古德曼（Bergdorf Goodman）

百货店，大堂内插满樱花，女士们带着自己的约克夏犬在玻璃柜台前流连。推开它的旋转门走上第五大道，跟着缓慢前行的马车向北走，便进入了上城的世界。

这里是我生活的地方。

无数的电影小说，早已让上城的华丽优美为人熟知。这块仅占城市五分之一的小小区域，因为居住着无数名人而引人入胜。迈克尔·克隆伯格在纽约当市长期间坚持留在自己上东区的大宅也不愿搬进官邸。小野洋子至今仍住在72街的Dakota公寓楼，这幢1884年落成的老房子标志着上西区繁荣的开始。

有人说哥伦比亚大学所在的晨边高地是上西区的一部分，也有认为110街的圣约翰大教堂才是上城的终点。其实上城的边界只有一个，那就是中央公园。

帝国之城也好，罪恶之城也罢，中央公园与这一切都毫不相干。它用绿荫和溪流把焦灼、愤怒、吵闹的纽约轻轻挡在外面，安宁地照拂着上城。每个星期三晨间我总往中央公园散步，坐在大草坪一侧的树下，大都会博物馆的丹铎神庙近在咫尺。我喜欢在那发一会儿呆，看早起跑步的人一个又一个从眼前掠过，看父亲教儿子投球，乌鸦在头顶呱呱直叫。乌龟池是孩子们的最爱，他们总去逗池里的鸭子。周末的时候，藏在公园深处的 Swedish Cottage 会演出极可爱的木偶剧。

中央公园不像纽约，却也只有纽约才有中央公园。

纽约容纳着五湖四海，却并没有让他们汇成大洋。纽约客们以一种井水不犯河水的态度划分着自己的边界——生活的，信仰的，文化的，阶层的。在上东区，中央公园东大道上密密麻麻伫立着二十年代建造起来的、凡尔赛宫式的豪华宅邸，门户森严不易亲近，商界人物多住在此处；而西边由于林肯中心和哥伦比亚大学这两处重要所在的缘故，成为了知识分子和艺术家们的领地。相较于东边的金碧辉煌，西区的林荫下仍保留着许多一百年前建成的朴素而坚固的碣石建筑。

我就住在阿姆斯特丹大道旁边这样一座没有电梯的老房子里。这条路纪念的是曼哈顿最早的荷兰殖民历史，而传统的欧洲家庭生活今天仍在这条道路上延续着。街上几乎每个人都牵着狗或推着婴儿车，车里的幼儿长着闪亮的蓝眼睛和金色的卷发。不像下城的纽约大学附近满是打扮新潮的男女站在街角抽烟，上西区的居民永远在健身和跑步。这里没什么灯红酒绿的夜店，只有大都会歌剧院传来的女高音和交响乐。

年轻人不喜欢住在上城。我的窗外没有名牌商店和高楼大厦，只有一株梨树和小小的游乐场。夜里陪伴我的是对面邻居亮起的一点读书的灯光，以及遥遥回荡着消防车的警笛。这里的人们彼此熟悉，亦互相关照。洗衣房的韩国伙计记得每个顾客的名字和住址。中餐馆的老板娘经常给她的顾客赊账。孩子们爱去附近的超市，因为经理总带他们制作面包和点心。每周二我妈妈在图书馆学习英语，女儿一个人在隔壁的儿童阅读室看书，图书管理员都会帮忙照看。

上西区并不像人们想的那样，只有富人才能出入。它是保守的、友好的、让人安心的。它像我的安全岛，让我终于敢迈出脚步，与这座都市相会。

我不是游客，得以见到曼哈顿动人的生活。我却也不是它的一员，因为终将离去，所以更想把它的每个细节都收纳进自己的回忆里。

这里是纽约，纽约。

德　昌

2014年的冬天，可能是纽约有史以来最漫长的寒冬了。刚过感恩节风雪便席卷而至，一直缠绵到来年四月下旬。那段不见天日、没有尽头的日子，让本就眉头紧锁的纽约人几乎了无生趣，而德昌成为了我的精神支柱。

德昌是曼哈顿唐人街的一家肉菜市场，在伊丽莎白街与勿街的交界处。纽约华埠街道的中文名字均由早期广东移民由粤语翻译而来，有些十分朴实趣致，比如勿街（Mott）和摆也（Bayard）。来纽约之前已听不少朋友说起德昌，赞其价廉物美，不少人住在新泽西也必每周驱车前往。搬来后我们常去光顾，这家开业十几年的老字号，与对面街的香港超市竞争激烈，后者是港星叶玉卿丈夫的产业。

我不会做饭，买菜这个任务以前总是能躲则躲。相较于空气里总是散发着黄油香气、播放着爵士乐的 Whole Foods，唐人街的菜市就像气氛紧张的竞技场，如何挑出最甜的橘子，抢到最靓的一块五花肉，需要顾客们拿出各自的独门绝活。而我是赶鸭子上架，每次拿着老妈手写的购物清单，硬着头皮假装挑挑拣拣一番，最后带回去几个快发芽的马铃薯，遭来一顿埋怨。

后来渐渐摸通了门道，牛腱子在哪，几点钟能买到新鲜的三文鱼头，通通了如指掌，与师傅们也相熟起来，于是无法自拔地喜欢上了逛德昌。

我爱吃腰子，总去买。第一次去时，师傅站在冰柜后面打招呼，问我："要一对还是一只？"

我说："要一个。"大眼圆脸盘的大叔抄起两个就包了起来。

我说："我要的是一个啊。"

他严肃地对我讲："靓女，一只猪有一对腰子，左边和右边嘛。你如果只要一边，就不是完整的一个啦。"

我有点尴尬，又觉得他好像不是成心捉弄，一时不知怎么回答。

旁边正在切汤骨的长脸师傅白了他一眼说："就你喜欢胡说八道！"

大叔笑了笑，把包好的东西递给我，交代道："速速吃，不要放冻柜。"

此后他每每见到我，总是笑眯眯走过来问：今日拿点什么？

德昌的员工们年纪都不小了，戴着白帽子，穿着白大褂，收银员戴着白色橡胶手套。大家都讲粤语。推门进来，即刻像回到了小时候住的旧东山，被热闹的吆喝和师奶们的闲话家常包围。端午的时候，德昌会卖手裹的豆沙粽，一笼一笼冒着热气刚端出来，马上就被一抢而空。狭长的店铺里要不停地说"借借、借借"（让一让）才能挪动步子，每个人都伸长了脖子叫"唔该！"（劳驾），才能把忙得团团转的师傅唤到自己这里来。

"阿姐，劳驾帮我装一份排骨。"在唐人街实习的时候，我常去德昌买午饭。热腾腾的一肉一菜只要三块五，阿姐总是说我太瘦，而装上满满的一大盒。这是华埠最实惠的食品店，许多独居老人十年如一日地来这里吃饭。

洋人也知道德昌。常常带着相机结队来参观，一边摇头一边按快门，看到师傅捞起活蹦乱跳的鲫鱼在地上用力摔晕后开膛破肚，更是吓得直拍胸口，但德昌的阿叔们却见怪不怪。

德昌

收銀處 CASHIER

一次我去买鱼，阿叔头也不抬就问："要大的还是小的？"

"呃……"我踌躇。

"不大不小的？"

"对！"我又不好意思地笑。

他倒像早知道似的，麻利地捞起一条过秤。待我回来取时，鱼处理得干干净净装在袋子里，还送了两条青葱。

收银台的几位阿姨看人的眼睛比刨鱼的刀还利。几位讲普通话的中年妇女问哪里买海参比较好。我看了一眼，内地口音，穿得讲究，刚来美国不久的样子。阿姨说不知道。待人出得门去，一边结账一边说："告诉她们做什么，都是些不缺钱的官太太。"

有一晚我下班迟，急急忙忙赶到德昌，店门已下了闸，门外却聚着一群女人，仔细一瞧，居然是这位收银阿姨被另一名中年女子扭住衣领，后者嘴里不停叫骂。众人合力把她拉开，被拽得披头散发的阿姨气得直喊："都说了不是我！你不要再来骚扰我上班！"却是一场"第三者"纠纷。下了班的阿姨脱下白大褂，穿一件黑色旧棉衣，挎包里的东西撒落了一地，有几袋青菜，应该是当天店里卖剩下的。她走到路旁，捡起被人拽掉的帽子，使劲拍打上面的脏雪，嘴唇紧紧地抿着，不知是因为气愤还是冷。

将近两百年的曼哈顿唐人街，一直聚居着收入不高的外来移民，近三成人生活在纽约贫困线以下。许多人没有合法身份，只能藏身在此，找一份现金结算没有保障的工作。

去年过年期间，德昌搞大装修，从年初一一直歇业至元宵节。这可苦了所有的中国胃，没了这处人挤人的食品市场，大家都感到这个年没过好。重新开业当天，两位年轻姑娘排在我前面买单，其中一个说，总算开门了，我天天吃兴旺锅贴，吃了两个礼拜。

这家锅贴店，四个煎饺就要一块钱。而德昌呢，除了三块五的盒饭，还有两块钱的叉烧饭，和一块钱的烧鸡。

德昌是无家可归的家。无论是风雪交加的夜晚，还是阖家团聚的假日，人们已经习惯了德昌的灯永远亮着。推门进去，永远都有热闹的粤语和香喷喷的饭菜。

不老的金山

二十岁那年,我在加州大学伯克利分校做访问学者,寄宿在奥克兰当地人家里。这是一座倚在美丽湖边的大宅,穿过院子里的月季花,能看见一楼客厅靠窗的三角钢琴。餐室的墙上挂着女主人曾祖母的油画像,在水晶灯的照射下闪闪发亮。桃心木长桌上放着向日葵。

还记得第一顿晚饭是在厨房里吃的,男主人 John 从抽屉里拿出银质的刀叉,是几十年前的结婚礼物。矮小的圆桌上燃着两支蜡烛,四套纯白的骨瓷盘子里摆着亚麻餐巾,套着漂亮的银环,刻有家人的姓名首字母。夫妇俩都是一米八的大个头,他们装好菜侧身坐了下来,略局促地跷着长长的腿,穿着乐福鞋。两人有个独生女 Abby,那年才六岁,一头红色卷发。

我的湾区记忆,就是从这个厨房开始的。

每天晚上 John 做好饭后，四人在小圆桌旁的相聚成为一日愉快的结尾。夜间有课的时候，太太 Frances 会在当天早晨交给我一只保温瓶，坐着 BART 回家的路上，实在饿得厉害了便偷偷摸摸地打开保温瓶，悄悄喝一口热腾腾的肉丸子汤。那用手捏出的猪肉丸子，圆滚滚的，肥瘦相间，在菜汤里颤巍巍地晃着，两口下肚，从头到脚都熨帖起来。

有时他们一家出门去，提前做好一只酿馅烤鸡暖在烤箱里，我半夜读完书饥肠辘辘跑下楼，站在厨房里用手撕着吃完。鸡皮金黄发脆，鸡肉肉质紧密，里面塞着香松软糯的肉馅，感觉像登上天堂。

这对夫妇于九十年代末从纽约搬来湾区，John 是一名作家，创立了本地报纸 *East Bay Express*，至今还在湾区发行。Frances 是一位家庭治疗专家，其父是哈佛医学院的终身教授。作家、律师、艺术家和大学教授，是这户人家常见的座上宾。每次聚会大家都要就民主党的选举大加评论。与纽约一样，加州也是美国民主党的票仓。

"今年的大选，"John 停下刀叉，转过头问我，"你怎么看？"

我听了一笑，十二年前小布什与克里对阵时，他也问过我一模一样的问题呢。

"Frances 支持希拉里，而我更看好伯尼。"他说。

毕业以后，每次我来湾区出差或度假，第一顿晚餐一定还回这个家来吃。当年的红发小姑娘如今已经十八岁，马上要去北卡罗来纳州读大学了。而我的女儿转眼也满了六岁。她刚练熟 Oh, Susanna，坐在钢琴边自信地弹了起来。我们喝着酒，一边闲谈一边看她认真地表演。夕阳透过落地窗照在她身上，影子被拉得长长的。

我忽然分不清弹琴的究竟是女儿，还是当年的 Abby。

从奥克兰回旧金山已近深夜，繁忙的海湾大桥终于与太平洋一起沉静了下来。这座灰白色的大桥虽不如金门桥火红壮丽，却是连接旧金山与东湾的要道，八十年来每日车水马龙。下了桥沿着市场街一直走，便来到市中心的教会区，我们就住在这里。这是我初次尝试住短租房，房东是一名英俊精致的男士，与他的同性伴侣共同打理物业。在旧金山，每五个中年男性中就有一个是同性恋，教会区（Mission District）既是当下城中最时髦的所在，也是同性伴侣的聚居地。

不同于典雅的诺布山（Nob Hill），这里是松弛而愉快的。每日早晨走在瓦伦西亚大街上，迎面而来的总是跑步的年轻男孩。湾区近年干旱严重，鲜花已不再常见，家家户户门口都换上了多肉植物。蛋糕店里，穿着鼻环、头染彩虹发的女孩子在调咖啡，一只松软香甜的杏仁牛角包盛惠五美元，八点钟已食客盈门。相隔两条街的小超市仍然老派，却卖玻璃瓶装的新鲜生牛奶。

随着硅谷的持续繁荣，旧金山已超越纽约成为全美人均收入最高、生活最昂贵的地区。这里步调悠闲，终年阳光丰沛，几十年来吸引了无数像John和Frances一样，厌倦了东岸的老钱做派和冷峻寒冬的人。纳帕谷广袤的葡萄园中隐藏着大大小小的高级酒庄；半岛上的柏思域加（Pacifica）、半月湾（Half Moon Bay）等小镇，成为冲浪爱好者的乐园。抱怨在纽约找不到老实男友的年轻女孩子们，也打算来这里的一众科技公司淘淘金子。

然而无论涌入多少名校精英、富裕移民，这座毗邻太平洋的都会从不曾放弃追逐自由。嬉皮士是这座城市永远的标志，伯克利依然是左派的乌托邦。这所在越战期间发起言论自由运动，至今仍然影响着美国人民主意识的公立学校，经常被"敌校"斯坦福嘲讽破落穷酸，满街的流浪汉和大麻味。但是，这里的图书馆不用刷ID，所有人都可坐下阅读孤本《石头记》，却是比不得的开阔心胸。2005年我被派到劳伦斯国家实验室做了几个月中文青少年辅导员，每天早晨与老教授们一起坐公交车沿着弯曲的山道抵达这所坐落在伯克利山顶的科学实验室，一起在食堂啃三明治，当中有两位是诺贝尔奖得主。

他们说，得了奖的好处是终于有一个固定停车位。

在这里，人类的智慧与浩瀚繁星交会，既不耀眼，也不张狂。

在这里，我第一次离开家，独自在海外生活。第一次认识美国。第一次与伯克利毕业的丈夫见面。

今天带着一双儿女再次坐在依旧葱郁的草坪上，光着上身的男学生还在玩着飞盘，悠长的钟声在耳边响起，桉树的清香若隐若现，仿佛我初次走进这座校园的那一天。

"妈妈，为什么叫旧金山呢？"孩子们问，"那还有新金山吗？"

"有啊，澳洲是新金山。"我答道。

"但我不觉得这里很旧啊。"

"是啊，妈妈也这么觉得呢。"

圣诞老公公是黑人

刚搬到曼哈顿上西城的时候,对该处一无所知,只晓得每日去楼下买披萨吃,然后支支吾吾地问老板哪家超市物美价廉。孩子们却比我大胆得多,总是最先发现新建的游乐场和刚开张的冰淇淋店。我问他们最爱去哪,答案出人意料:中央公园、公共图书馆,以及牙医诊所。

"为什么是牙医?"我问。

女儿说:"我喜欢摇一摇(wiggle wiggle)了。"

儿子答:"Dr. D 送的贴纸很酷!"

牙医姓 Durant,孩子们喜欢叫她 Dr. D。五十岁上下,留着极短的卷发,戴形状夸张的耳环。她略有点胖,总是慢悠悠踱着步子走进诊室,跟我们打招呼:"你们好吗?"

孩子们刷牙十分潦草,我经日监督却不奏效,蛀牙就像分不了手的情侣一般,不多久便复见。我向医生诉苦,放手还是代劳,两难。

医生隔着口罩朦朦胧胧地说了一句:"做小孩也不容易呢。"

最近一年女儿开始换牙,她和我小时候一样遇到乳牙滞留的问题,俗称"双排牙"。每次拔牙前她都要问:"Dr. D,今天我们还玩摇一摇吗?"

医生说:"没错,我知道你最喜欢了。"

施麻醉时女儿纹丝不动,Dr. D 就夸:"哦,Ann,你将来一定能当个顶厉害的牙医喽!"她的嗓音低沉,带着黑人特有的节奏感。

牙医是美国最赚钱的职业之一,我们这位牙医却例外。她是哥伦比亚大学的教授,在曼哈顿开设自己的私家诊所不算难事,但她却留在哈林区这家社区诊所,给没有医疗保险的孩子修补蛀牙。第一次见面时,她脸上露出微微惊讶的表情,因为我们是哈林区不常见的亚洲面孔。

每回从 116 街地铁站出来,我牵着孩子们穿过纹身店和卖大麻的糖果铺,坐在台阶上的小青年总是似笑非笑地打量着我们。拐过街角的圣母玛利亚像,这家小诊所就在一条僻静的小路上。光洁的磨石地板,温和的日光灯,几位病人静静地坐在扶手椅上看电视烹饪节目。穿着蓝上衣的医生、护士以及行政人员几乎都是黑人。保安是个胖大叔,大家都叫他 Mr. White。他总是站在门口跟儿子击掌:"小家伙!最近有没有听妈妈的话?"交费处的小窗口里坐着 Ms. Johnson,她也是我们的老朋友了。她厚厚的嘴唇上涂着豆沙色口红,手腕总是挂着一大串钥匙。她的口头禅是:"别担心"。

"亲爱的,别担心,先去见医生吧。"Ms. Johnson 从小窗口抬起头来,对一位抱婴儿的病人说。这位女士似乎刚来美国不久,她很紧张,转头用阿拉伯语同站在身旁的大儿子说话。

在美国看病是件很吓人的事,如果没有医疗保险,一次感冒发烧的急诊便会收到两千美金的巨额账单。但这家小诊所由政府拨款,许多无业没有保险的病人每次只需缴纳十五美金便可就诊。那些看上去不到二十岁的黑人女孩,常来为她们的新生儿领取免费的退烧药。不会讲英语的新移民也喜欢来,我们常在候诊室遇到说西班牙语的蓝领工人,和带着三四个孩子的叙利亚妇女。这些孩子深棕色的卷发下长着大而亮的眼睛,坐在长椅上好奇地翻阅新学校的新课本。

发现这里是很偶然的。有一日孩子们在附近游乐场玩耍,我忽然想,公园的这一边我很熟悉,是晨边高地、哥大校园,可另一边呢?

"黑人很多,不要去。"这是大部分中国同学给我的建议。

但我可不认为黑人就等于打劫,他可代表着超棒的涂鸦和比宫城良田还厉害的街头篮球。

我在加州大学伯克利分校学习时曾被派到西奥克兰一所小学校教孩子们画画和做手工。很快这里成为我最喜欢去的地方。从捷运站走到学校的那段沿着生锈的铁丝网一直向西的大路上,有层出不穷的大胆壁画。我喜欢学校老师头上戴的棒球帽和他手臂上漂亮的纹身。我更喜欢男孩儿不系带的乔丹鞋在球场上发出的尖锐摩擦声,和女孩子们花样百出的蓬松头发。

十几年后,在远隔两个时区的纽约,我推开门,第一次走进了这家诊所。

两年来,我几乎认识了这里的所有人。唯一的白人医生 Dr.F,是长着栗色头发的美国人,每周三义务看诊。第一次见面那天,她摘下听诊器温柔地说:"Ann,你年轻的身体里啊,住着一个老灵魂。"

2014年圣诞节前,孩子们需要打预防针了。我们在寒冷的街上缓缓走着,远远看见诊所的窗户上喷上了雪花,门厅挂满松枝和彩色灯泡。圣诞老公公坐在正中一把摇椅上,见到我们进来,他笑眯

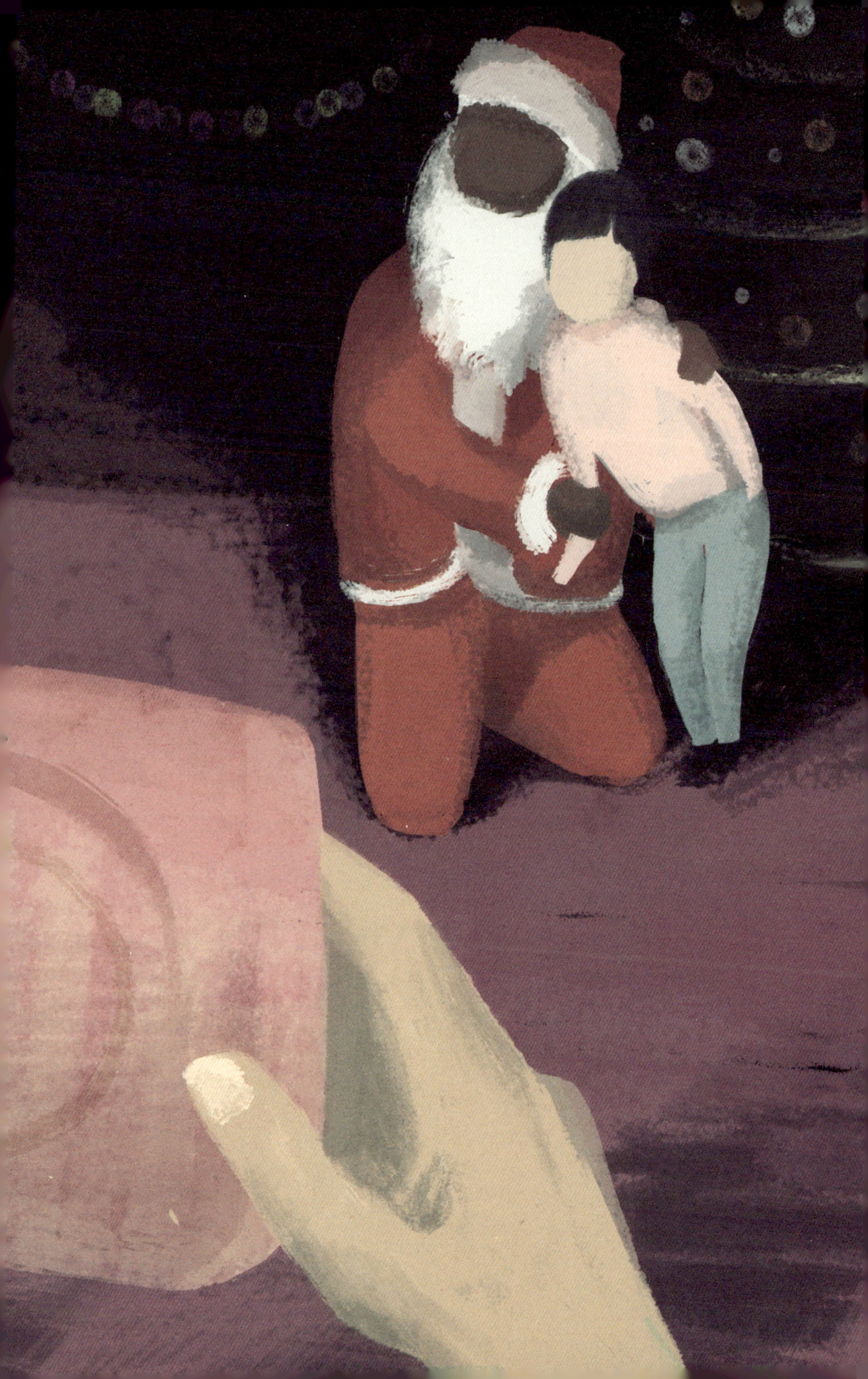

眯地伸出手来:"孩子们!你们怎么知道我在这儿呐?噢呵呵!"

女儿很意外,呆呆地被牵着坐进了他怀里。

"外面很冷,对吗小宝贝?你的小脸都红了。噢呵呵。"老公公紧紧捂着女儿的手。那是一双黝黑而有力的大手。

Ms. Johnson 端着相机跑过来:"小甜心,我喜欢你的粉红色大衣!和 Santa 一起照个相好吗?"

女儿腼腆地点点头,躲在老公公的白胡子里微微一笑。

这张立拍得,至今是她最喜欢的圣诞礼物。

她时常拿着照片说:"妈妈,这个 Santa 是黑人,你知道吗,我最喜欢这个 Santa 了。"

儿子问:"真的有黑人圣诞老公公吗?是不是医生扮的?"

我说:"医生就是真正的圣诞老人呀。唯一不同的是,他们每天都发礼物。"

啊,孩子们恍然大悟:"怪不得 Dr. D 每次都送我们贴纸。"

我笑了。

"所以她是女的圣诞老人吗?"

"Maybe."

南柯一梦

"你好，请问去哈瓦那的航班在哪里 Check-in？"

柜台后露出一双笑眯眯的眼睛："请前往到达层办理，您会看到指示牌的。"

这些年东奔西跑，还是第一次听说在到达层登机。但此刻我已见怪不怪，这趟旅程自起意就有些与众不同。

2015 年七月初，Jet Blue 开通了每周一班纽约——哈瓦那的直飞航线。两周后，美国在哈瓦那重开大使馆，正式恢复了与古巴的外交关系。九月二十日，罗马教皇首次到访古巴，在哈瓦那的革命广场主持万人弥撒。新闻上我看到格瓦拉与耶稣的雕像并列而置，而无神论者劳尔·卡斯特罗拥抱了教皇。

大变就在眼前，如不前去看上最后一眼，恐怕再无机会。

飞机落在何塞·马蒂机场的那一刻，整机的乘客鼓起掌来。他们大多是古巴裔美国人，自两国断交五十多年以来，只能从加拿大转道回乡。我们一家是机上唯一的东方面孔，置身于令人百思不得其解的西班牙语中，第一次感到心里打鼓。这里毕竟不是东京和巴黎——没有 Wi-Fi，没有信用卡，也没有 GPS，身边还有两只打闹不止的泼皮猴。我不敢托大，雇了一名中文向导全程陪同。

向导拿着我递上的住址，迎着落日向哈瓦那老城开去。夕阳灿烂，落在丝绒一般的加勒比海上。美国大使馆就伫立在 Malecón 海滨大道的最显眼处。导游说，几个月前这里还叫美国驻古巴利益代表处，大厦外墙总会不时打出反古标语。古巴政府也不示弱，索性在门口建了一座"反帝广场"，竖起密密麻麻的黑旗遮挡。如今标语不再，旗子也被撤下，这座五十年前建成的大楼看上去神采奕奕，仿佛再世为人。

我通过古巴网站预订的民宿就在这海滨大道的尽头。毗邻古老的碉堡皇家军队城堡（Castillo de la Real Fuerza）。这是哈瓦那旧城十分罕见的一幢高楼，共有九层，房子古旧，雕花铁门锈迹斑斑。遥遥望去，却又像位弱不禁风而有些傲气的少年。女儿不住地撇嘴，唉，这么破！

五百年的哈瓦那，加勒比海上最瑰丽明珠，见证过大航海时代的繁盛，可如今确是有些风雨飘摇。潮湿的气候加上修缮资金短缺，这座美洲大陆上为数不多得以保全的殖民古城如今处处残垣断壁。或者人去楼空，只留下珊瑚礁岩的粗粝骨架。站在紧窄的街巷抬头看去，昔日色彩艳丽的西班牙式小楼似乎笼着一股朦胧的雾气。精美的阳台上如今搭着白被单和洗旧了的T恤，已褪色的巴洛克式壁画在层层叠叠的爬墙虎中若隐若现。

对古巴人来说，世界文化遗产不是被圈起来围观的，它只是洒扫庭除、鸡犬相闻的生活而已。

每晚洗过澡，我都会在露台上坐一会儿。冬天是古巴最好的季节，白日晴朗，入夜风凉。从楼上望去，人们在家门口纳凉聊天，一旁的孩子们追逐打闹，是离了智能手机才得一见的久违场面。繁星之下，情侣们在海岸边喁喁细语，纳凉人手里惊世骇俗的雪茄和Mojito，是古巴人海洋浪漫的图腾。每晚九点整，对岸的莫罗城堡准时鸣炮，城门关闭。喧闹的人声，突突响的老爷车，还有空气中那浓烈的柴油味，这时才缓缓隐去。从冰箱拿出一罐古巴可乐，咕嘟嘟喝下肚去，正好头发也干了，便可回房睡觉。

在古巴，想喝上一罐正宗的可口可乐真不容易。禁运使这个国家仿佛掉进了时间虫洞，一切都在1961年戛然而止。50年代产的雪佛兰敞篷车仍在马路上飞驰，带我们经过当时美国富翁们聚集的哈瓦那普拉亚区。这里仍保留着他们撤离时的模样，精致的洋房，宽阔的草坪，门廊上的摇椅似乎还在动人的曼波舞曲中轻轻摆动。司机是位六十八岁的意大利老先生，戴着巴拿马草帽，叼着雪茄烟。他说："我来古巴已经十三年，但每年夏天我都要回罗马住上一阵子，那里的生活比较简单。"

"哦？怎么说？"我问。

"在罗马，只要有钱你可以买到任何东西。在这儿，"他吐出一口烟，"你走进商店，只会看到空空如也的柜子，里面什么也没有。"

诚如这位先生所说，此次我们横穿古巴全岛，从西部城市比纳尔德里奥出发，直至卡斯特罗的故乡奥尔金，沿途一千公里只见到少得可怜的零售商店。店里最常见的是一种当地产的巧克力饼干，包装上印着海绵宝宝，口感十分晦涩。香烟只买得到 Lucky Strike 和味道凶猛的本地土烟。冰淇淋柜里永远一无所有，让孩子们非常失望。偶尔能碰到美国薯片，价钱大约是纽约的三倍。我们乘坐的宇通客车是中国政府资助的,开至圣斯皮里图斯的时候,平整的高速公路忽然变成了坑坑洼洼的双车道,不时见到站在路旁捏着钞票想搭顺风车的人。

这些景象使我想起那日在机场登机时,一名古巴国营旅行社的职员曾对我讲:你会爱上这个国家,但请记得,我们非常非常穷。

我带着这条和善的嘱咐上路,耐心地应付着单调的三餐,苍蝇飞舞的酒店,以及大排长龙的提款机。可到了旅途的最后一晚,面向漆黑汹涌的大海,我却想不太明白,贫穷到底是什么?

这一路走来,每日清晨推开窗户,看到的总是对面阳台上邻居温柔的笑脸。在特立尼达招待我们歇脚的一家三口,和卡马圭城外慷慨赠水的那对老夫妇,他们的家朴素洁净,梁上风铃飘动,屋内欢声笑语,夜不闭户。迷路时总有细心的路人指引,而从不用担心安全。开进西恩富戈斯那天,我们在路边一处草棚午歇吃饭,当地的孩子好奇地过来张望,儿子用结巴的西语说,Somos chinos(我们是中国人)。

孩子们跳起来,Chino!笑作一团。

他们的家在公路后无边无际的甘蔗地里,身姿优美的古巴鹰从头顶掠过。这种珍稀的猛禽在古巴的蓝天上随处可见，守护着壮阔的山谷和牛羊成群的草原，也一直看顾着路上的我们。

古巴的生态足迹不足 1.8 公顷，是我见过最淳朴的、不为旅游谋利而保存下来的自然环境。联合国发布的 2015 人类发展报告中，这个封闭落后的国度凭着高于美国的平均寿命和极出色的教育普及率，多年来稳居人类发展指数的高水平国家之列，超出中国许多。一位在联合国开发署工作多年的朋友说："当我初次来到古巴的时候，简直欣喜若狂。这里不再有狂轰滥炸的电视广告，劝你把账户里所有的钱都拿去买名牌。这个国家最豪华的大楼不是百货商场，而是免费的医院。"

2016 年除夕的前一晚，我恰好从这所医院的门前路过。这座以革命家阿梅赫拉斯兄弟命名的大楼在夜幕下灯火通明，确实十分气派。我问向导：古巴人会怎样度过除夕？

他说："这是人们一年中最重要的日子，午夜时分大家会把一盆水泼出门外，寓意除旧迎新。"他想了想，又补充道："最近几年哈瓦那还多了一个新习俗，人们在十二点前拖着行李箱出门绕一圈，过了整点再回家。"

"这是什么意思?"

"呵,就是希望新的一年可以有机会离开这里。"他无奈地笑了笑,打开了车里的收音机。莎莎舞曲在小小的拉达车里回荡,听起来充满期盼。

堕落还是隐遁,最好是有选择。所谓世外桃源,终究只是游客的南柯一梦。

地下歌声

开电话会议,忘记关静音。天南地北十几位管理人员,一起收听从我这里传出响亮的地铁报站:

"欢迎搭乘地铁,下一站是……"

过了半响,大领导才发话,是谁在坐地铁啊?

我这才如梦初醒,忙不停地道歉。

在纽约读书的两年,地铁成为我的日常交通工具。曼哈顿终日堵车,印度的士司机大多鲁莽,而地铁虽然拥挤肮脏,却最是便捷。一百一十二块钱的月票,可以抵达纽约市所有地方,虽然没有空调的车站夏天热得像桑拿房,站台上的卖艺人却使这破旧地下管道像大都会歌剧院一般光彩。时代广场的黑人老年合唱团,哥伦布圆环的爵士乐手,每天用两分钟的歌声抚慰着归途中的茫茫大众。

一天晚间,朋友发来一段视频,一个瘦高的亚裔年轻人背着吉他自弹自唱。那声音十分缥缈，是一首旋律陌生的日文歌曲。

"我在 7 号线 42 街，"朋友说，"远远听见，竟被这声音吸引着一直走到站台尽头一探究竟。"

"声音像女孩子，但个头如此高。"我仔细研究着视频里的身影。

"是个女孩。这旋律啊，是地地道道的冲绳民谣呢。"

朋友在日本生活了十几年，被公司派驻纽约三年多，不经意间在地铁里的歌声触动了她的心弦。她通过网络不遗余力地找到这位名叫 Mariko 的歌手在脸书的主页，是日裔美国人，居然是发过唱片小有名气的歌手。

42 街时代广场地铁站，是我每日前往联合国上班的必经之路，有 16 条地铁线在此交汇，以及连接美国东北各州的中央火车站和长途汽车站，是曼哈顿最重要的交通枢纽。"9·11 事件"以后，这里常年有美军驻守，世界任何一个角落的风吹草动都会让千里之外的纽约如同惊弓之鸟。朋友遇到 Mariko 的时候，正值巴黎袭击发生不久，恐怖组织宣称纽约将会成为下一个袭击目标，让这座地下城市迅即笼罩在巨大惊慌之中。为了生计不得不出行的乘客们，个个

MANHATTAN

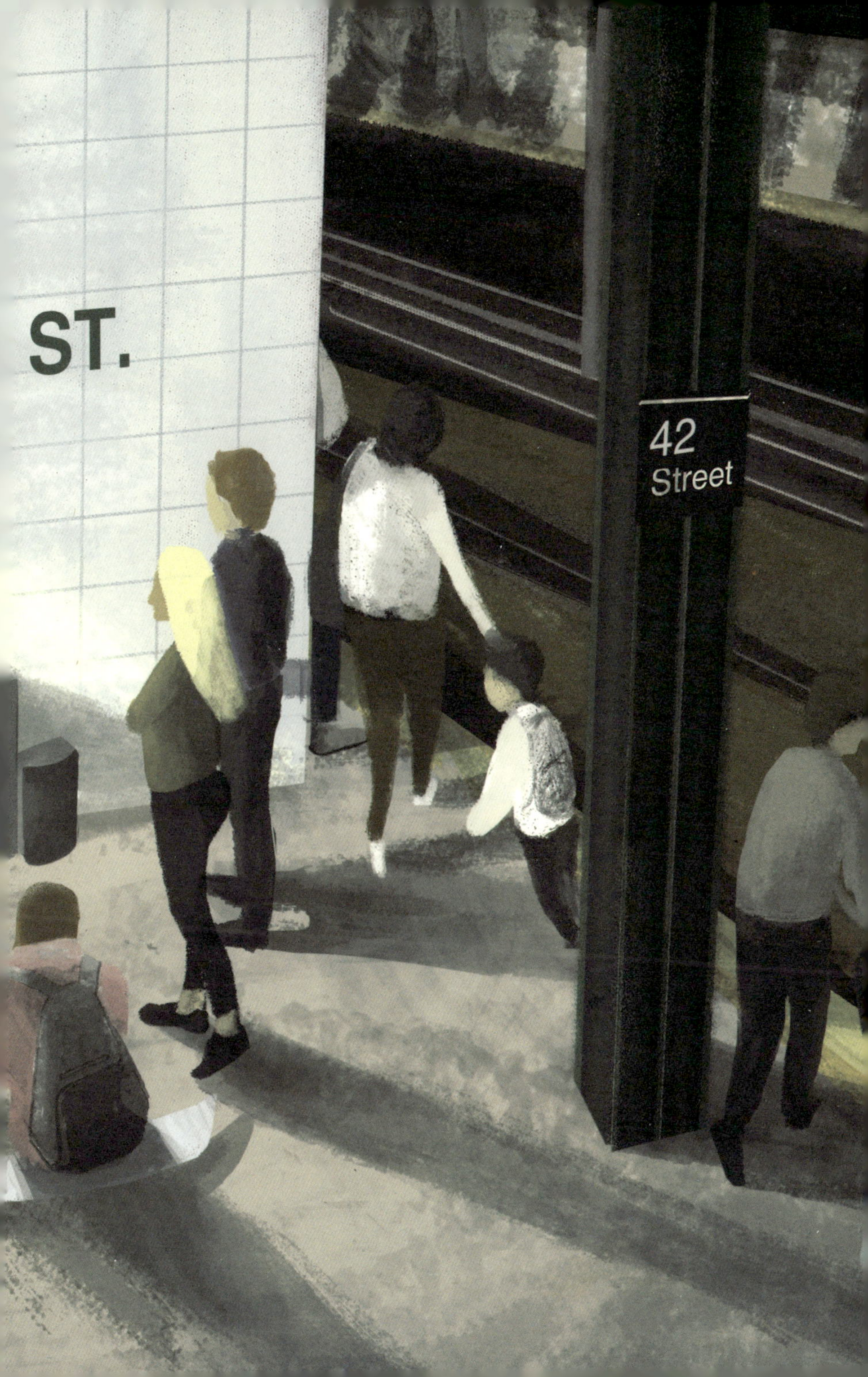
ST.
42
Street

神色严峻，脚步飞快，只想速速离开这是非之地。

可这名年轻的女歌手似乎不怕炸弹。视频里的她，在人来人往的车站中央轻轻拨着吉他，唱着遥远的故乡小调，仿佛只身站在海岛的礁石上，咸味的风吹乱了她漂亮的短发。站台上，也渐渐有了乘客因为这音乐而驻足，在他们脸上我看到了片刻的放松与悠闲。

几个月后，就在我即将毕业离开美国之际，我居然遇见了Mariko，就在那依旧繁忙的42街地铁站。那是一个十分隐秘的入口，搭乘手扶电梯直直降至离地面最远的七号线站台，她就站在那里，一身黑衣，和这入口同样隐秘。她的声音在回声极佳的车站漫天飘荡，正是那首让朋友久久不能忘怀的民谣。而我在匆忙的人流中，突然内心变得很安静，安抚了我这颗因归家情切而久久躁动不安的心。

没过多久，朋友结束工作返回东京，我也回到了中国。我们仍然天天在站台等地铁，但再也没有遇到可以吸引人走到尽头一探究竟的歌声。有时看着站台上的广告想，或许穿过这堵墙，就能碰见另一个在站台里歌唱的她。

寻他千百度

暑期放假,从肯尼迪机场飞抵香港,甫落地皮肤就开始过敏,几日后满脸奇痒难当,只好前往中环皮肤科就诊。坐上红色丰田的士,说句"威灵顿街唔该",中年男司机一言不发踩紧油门,眨眼便转上郊野公路疾驰。

香港的乡村是很美的。离深圳最近的元朗,仍然保留着不少古老的田地祖屋和宗族庙堂。夏日的林荫之间,雀鸟嬉戏,粉蝶盘旋,满是自在野趣。我曾经十分喜爱这条公路,为了此地清晨时分的朝露,和的士上一曲黄霑,已记不清多少回故意绕远从香港机场起飞。青马大桥两岸的日出日落阴晴雨雾都看过经过,那茫茫的深蓝色忧郁,这么多年从来没有变。

第一次来香港是刚回归不久的时候。抵达半岛酒店,一位印籍门僮来拉车门,轻轻招呼小姐好。大堂光线幽暗,来去的顾客们多年长。彼时天星小轮只有粤语和英文广播,同伴听不懂,便向一位先生问路,得到了鼎力协助。那是我第一次听香港人讲普通话,口音却让人十分意外,与广州人截然不同,十分生硬努力。尖沙咀到中环短短的一程船,亦让我看到爱穿球鞋的九龙百姓与港岛的距离,是比香江宽得多的鸿沟。

直到 2010 年前后,我时常往返于深港两地。天水围的茶餐厅,波鞋街的牛杂摊,亚士厘道的越南粉,兰桂坊铺记的叉烧,这个感觉既近又远的邻居给我的回忆似乎都在平价的食物里。虽然卖相有优劣,身旁食客的身份有高低,各家铺头的味道却是如出一辙——揾食艰难。

粤语是最市井的方言,就像我们从小看到大的 TVB,无论是《醉打金枝》还是《真情》,都是小人物的亲热与家常。即使是六点半新闻那样讨论家国大事的严肃节目,年轻漂亮的播音员也从来不说艰涩的词语。西装革履的先生们坐在昔日叫作快活谷的马会,让他们感到快活的永远是赚大钱的生意。这是一个平民商埠,人们四海飘零而来,身后的贫贱富贵都成往事,眼前只有活着至关紧要。

所以香港人爱吃,因吃饱是最幸福。没人关心吃相是否难看,成王败寇而已。不管历史翻云覆雨，中环却是不变，文华东方门前的宾利车和置地广场里各色爱马仕手袋，无论何时去都在。

香港的幸福是明码标价，童叟无欺。

俗到极致便是雅，鲍参翅肚的物质世界，淬炼出深刻影响我这一代的南国文化。去赤鱲角机场的经纬书店买书，是昔日最爱的消遣。金庸、倪匡、亦舒，这些为数不多仅靠写字便能体面谋生的作家，都出自这边陲半岛。几位写的散文小说，但凡出新著通通都要买回家，纵使风格重复，桥段老旧，仍然百看不厌。

繁体中文不是粤语，既不亲热，也不家常。它自有另一种性格。

中华书局几年前出过一套香港名家散文集，把那些不大会畅销只是作者们闲时抒怀的小品收在一起。林行止、陈之藩、金耀基等。内地的读者多不熟悉，都是出生于上世纪初的老人家，其中董桥居然是最年轻的一位。这是我读过至为雅致练达的集子，每每翻阅，便似眼见维港上的行船，满载着客途的彷徨，却也再不回首。

但个中上佳仍属金庸。他的这本，名叫《寻他千百度》。

2010年以后，我加入了抢购奶粉和赴港生子的大军，亲眼目睹这区区一千平方公里的弹丸之地被汹涌而至的人民币撕开裂痕。也就是从那时开始，我渐渐寻不见香港了。都会依旧繁忙，地铁增加了普通话广播，但再也没有碰见过口音生硬的热心先生。食肆宾客盈门，翠华挣得盆满钵满，到处开分号，跑堂伙计脸上的笑容却不知为何越来越少。

当内地以惊人速度高歌猛进时，香港成为所有成果的落脚点，这给它带来近乎喧哗的繁荣，却也被容易钱宠坏而迅速落伍。老旧的商业模式，僵化的社会阶级，让这个昔日的自由港在过去很长的一段时间里，再没有诞生过伟大的企业和个体。排在名牌店门口的人龙，好像一夜之间全都消失了。

2015年底，律政司长袁国强在哥大法学院演讲，他说，我们需要帮助香港的年轻人找到方向。

他的眼神坚定，语气却是萧索的。

不过，无论世道怎样变，陈医生的诊所永远门庭若市。

拿了药出来，电梯里听见旁边打电话：喂老婆，今天降温，记得多穿点，我很快收工。

那是一名戴着安全帽的年轻工人，他的声音里带着笑，充满了期待。

　　坐上的士，司机也说，今天真冷啊。

　　嗯，北京下雪了。我答。

　　司机抬起头，从后视镜看过来，你经常去北京？

　　是啊，常去出差。

　　啊，那里好不好玩？

　　挺好，我喜欢故宫，还有天坛。

　　哦！等高铁通了以后，我想去北京看看呢。

　　那要八九个小时，我告诉他，需有人作伴才好。

　　希望可以和女朋友去，嘿嘿，年过六十的司机腼腆地笑了，旅行这么高兴的事，得有心爱的女人在身边才好啊。

　　咦，竟然如此可爱。

　　下了车，正是华灯初上，女孩子们从写字楼里走出来，慢慢往四面八方散开。昔日的标致港女，总是美得犀利又紧张，就像皇后大道中的红绿灯，嘀嘀作响，时不我待。可是今天怎么不一样，她们的眼神柔和，表情松弛，并不打算赶着去什么地方。

　　路旁，许多行人围着一位坐在路边的老先生，他额头磕出了血，应该是跌了一跤。大家手忙脚乱,又是止血,又是叫车,还有人打电话给老先生的家里人。

有没有纸巾?卷发太太问一位路过的女孩。

我没事,不用,不用。老先生直摆手。

那粤语,让站在一旁的我忽然直直流下泪来。

是失落过,不甘过,挣扎过以后的语气,亲热而家常。

"无大碍,会慢慢好起来的。"卷发太太安慰道。

灵魂美味

我非常喜欢吃日餐。日餐和中餐的性格相似，既有静谧严肃的高级料理，也有热闹喧哗的街头小吃。

但若在日本本土吃顿高级料理，食客要承担不少精神压力。我曾去东京的一家米其林三星寿司店尝鲜，被告知必须通过酒店礼宾部代为预订才可接受。赴约当天由于道路不熟，在银座兜兜转转迟到了半个小时，抵达后却被拒绝接待，因为主厨认为食材已经不新鲜了，而浪费的材料需我赔偿三万日元。

而且大多东京和京都的高级料理亭每晚只接纳极少顾客，座位不超过二十个，装潢也很朴素。西装革履的上班族挤在区区几尺宽的吧台旁边，拘谨局促地弓着腰，把声音压得极低应酬客人。如果是寿司或者天妇罗专门店还好，很快便可解放。怀石料理的话，必须在饭后做一套广播体操以缓解酸痛的腰背和麻痹的双脚。

中国的高级日料多数坐落在豪华酒店，比如上海的金茂，光线昏暗，服务生面孔冰冷，还没坐下已经丧失大半胃口。相比之下，熙攘拥挤适合一个人喝一杯的小店，才是日本美食的独有乐趣。鸟人面馆 Totto 是我在纽约最常光顾的馆子，推门进去便被那热火朝天的暖意包裹，一碗热腾腾的拉面端上来，一口一口下得肚里，再紧的眉头也会舒展。又有田舍家的炉端烧，无论是六本木的总店，还是香港和纽约的分店，食客们永远喧哗不止，烧烤师傅也很能喝酒逗趣。

食物是不应该太贵的。像松茸、松露、鲟鱼子酱之类的珍惜食材，带给我这种普通食客的愉快并不比便利店里一颗热腾腾的茶叶蛋更多。

我吃过最美味的食物，是日本一家温泉民宿提供的味噌汤煮农家鸡，那民宿藏在京都北边的大原山中，大约要坐三十几个站，公交车开到再也没法前进的地方，再由村民驾车载我们进入。林间小屋通讯信号很弱，电视又听不懂，我们每日坐在窗边赏樱，游览附近的寺庙。日落以后，老板亲自为几位客人制作饭食，用农家自酿的味噌，村子里养的地鸡，和野菜、菌菇、豆腐，以及山里现摘的山胡椒一起煮上一大锅，就着软糯香甜的一碗白米饭下肚，至今难忘。

食物是这个世界上唯一的，绝大多数人都能负担得起的极致享受。

亚洲美食比西餐更能用简陋的材料烹调出细腻微妙的滋味。一锅西洋的番茄肉酱要动用量杯量勺如核物理实验般熬上一个钟头，可我们的妈妈仅用一把面条、几片牛肉，淋上滚油和辣椒面就能让人恢复元气。

只不过中国人喜欢热闹，中餐离了热闹便顿减几分美味。日餐却是一个中年人下班默默走进去埋头吃一份猪排饭的模样，是最适合一个人吃的食物。

我经常独自吃饭，一碗淋上酱油哧哧作响的鳗鱼饭加一串烧到七分熟的牛舌，或者随着寿司师傅当日的兴头随便吃几样。在短短二十分钟的用餐时间，脑袋一片空白，考试般认真地体会着寿司饭略微的醋味，和拉面劲道的口感。有时太过投入，连服务员上菜都会把我吓上一跳。生鱼片什么佐料都不加，仅有鱼肉本身的味道，日本料理带给人的正是这样一种不剧烈的，没什么油盐的开心。

我曾去过联合国旁边的 Sushi Yasuda，白色墙壁，摆着光秃秃的木头寿司台和简单的桌椅，朴素到连音乐也无。一言不发的师傅低头切着冰凉的生鱼片，几乎听不见人走路的声音。只有窗边摆了一盆硕大的花，应该是月季吧，冬天仍开出粉红色的花苞，带来一分生气，是最难订到的位置，却也是我最喜欢的位置。

对于像我这样，上有老下有小，唯靠工作解脱自我的中年人来说，眼泪掉进碗里也不会有人看到的一个人的午餐，是一天中仅有只为自己而活的时刻，也是体内多巴胺分泌最为澎湃的时刻。长大后让人快乐的事越来越少，因为比以前多懂了一些因果关系：并没有无缘无故的升职加薪，企业也不会一觉睡醒就突然上市。别幻想没头没脑地嫁进豪门，小孩也不可能碰巧就考进了清华。吃了躺着就能瘦的减肥药很有点黑色幽默。也千万不要相信女明星说的，她只是多喝水多睡觉而已。

生活其实没有太多意外。遇到了卑鄙凶恶的事，耸耸肩就忘了吧，气候宜人的北美大陆，未必要比雾霾里的小城市更让异乡人留恋。到过的地方越多，旅行所能带来的愉快越少，甚至还比不上开车碰到一路绿灯。

唯有食物，永远能给人带来强烈的惊喜。今天的肉质特别肥嫩，盐和胡椒撒得不多也不少，肚子又刚好饿了，各种偶然创造出不可复制的片刻美妙，虽然短暂，却能让人全身放松，长长地舒出一口气来，然后继续生活下去。

这不大不小的抚慰，每个民族都在通过自己的方式实现，鼓励着那颗渐趋凝滞的心，请你再坚持一下吧。

小火焰

第一次听到"纽约客"这个词,是初中时看美籍华人作家刘墉的书《纽约客谈》。

几乎每个纽约客都会说,无论过去在多少个城市居住过,都需要一段时间来适应纽约。它与中国的大城市一样,繁华,拥挤,有世界上所有用钱买得到的东西。它常常让人感到陌生,却又密不可分。

"美国的空气,嗯……真好!"这是妈妈走出机场后说的第一句话。她有严重过敏性鼻炎,初次来到这里,虽然肩膀上沉甸甸的都是对未知的担忧,鼻子倒是轻松了。

我是常客了,却也在步出机舱的那一刻感到同样强烈的忐忑。一家老小的身家性命啊,全在一己肩头,真是人生第一遭。这是一条并没有走过的路,谁手里都没有地图。

这一次，我和两个完全听不懂英语的小毛孩，一个没来过美国的老太太站在了同一条起跑线，与这个城市建立关系。

刚开始住在姑姑家，每天坐地铁 R 线从皇后区到曼哈顿，然后换 1 号线到上西区，跟着精明的犹太中介到处看房子。夏天是纽约房屋租赁最活跃的季节，好房子转瞬即逝，而我这个没有工作也没有信用记录的外国人，是最不受房东欢迎的一类。上西区多为二战前修建的碣石矮楼，屋内光线幽暗，窗户狭窄，全不符合中国人讲究的坐北朝南空气对流，我拿着学区图，计划着有限预算，一间间找过去，能看对眼的并不多。

每晚腰酸腿疼回到郊区，推开门有热饭等着，昔日不近庖厨的姑姑如今随手便能料理出几味正宗湘菜，辣椒炒香干比法拉盛的湖南饭馆还要地道。表妹自己酿的啤酒也妙得很，喝下一杯坐在院子里看萤火虫飞来飞去，才可以放下悬着的心而睡个安稳觉。

我在外奔波，妈妈和孩子们人生地不熟，只得就近打发时光。姑姑家门口有一片游乐场，面积颇大，成为老少三人最常到访之处。有时我回来得早，发现家中无人，往这里寻过来总没错。游乐场里有一大一小两座滑梯，又有四架高大的铁秋千和四架婴儿坐的小秋千。地上铺着柔软的防滑胶垫，装了两台直饮水，还有干净的卫生间。一切细节，均对儿童十分友好且安全。孩子们很快交到了玩伴，一同在橡树下玩 TAG 游戏，丢水球，每日兴高采烈，总要玩到天黑工作人员来关门才肯罢休。

半个月以后，我们在朋友的帮助下搬到了中央公园旁边一幢五层高的老房子，那里的游乐场比皇后区更多，下至蹒跚学步的婴儿，上至比我还高一个头的少年，都能找到属于自己的玩具。无论春夏秋冬，这里仍然是兄妹俩最喜爱的地方。他们对每个游乐场了如指掌，说起来如数家珍：离家最近的 Mariner's Gate 有一个大沙池，可以和泥巴、做沙堡；披萨店旁边的 Tecumseh 全是高难度的爬架，新手可不要轻易尝试；最近刚建好的 Safari，女儿曾在那里摔扁了鼻子，可仍然是她的最爱。还有 Diana Ross，孩子和他的同学们下课总爱在那儿聚会。"不过，你要小心，经常有大老鼠跑出来！"儿子警告我。

除了有自己的名字，游乐场也有不同的性格。有的整齐干净，里面的孩子凑巧也是规矩乖巧的模样。有的则涂满天马行空的鲜艳涂鸦，还附带一个标准篮球场，自然成为高中男生们的地盘。对于像我这样忙碌的家长，游乐场是周末的救命草。约上几家朋友结伴而去，把孩子们送进装着童锁的游乐场里，大人们便可躺在草坪上稍微舒展眉头，而不用担心孩子跑丢。

和大部分初来乍到者一样，我根据几部时髦的电视剧断定这里是冷漠欲望都市，睡着流浪汉的地铁和街道上，危险就像垃圾一样无处不在。与波士顿剑桥镇（Cambridge）和康州的费尔菲尔德（Fairfield）这种安静祥和的新英格兰小镇相比，纽约实在不像是可以修身养性读书怡情的蓬莱仙岛，我不敢想象，如果今日穷困潦倒，孩子们如何能在这金钱不眠的世界毫发无伤地长大。

是一座座刷着天蓝色油漆的街心游乐场改变了这印象，原来寸土寸金的曼岛有那么多博物馆、美术馆、图书馆、球场和公园。它们绝大多数免费，只要登录网站输入邮编，就能搜索到离自己最近的公共设施。

81街的St Agnes图书馆成为妈妈每周两次风雨无阻的去处。为了能独自出门买菜，减轻我的工作量，她立下决心要学英语，而图书馆恰好有免费的成人课程。

课堂上妈妈认识了许多和她一样，已过天命之年才来到这个国

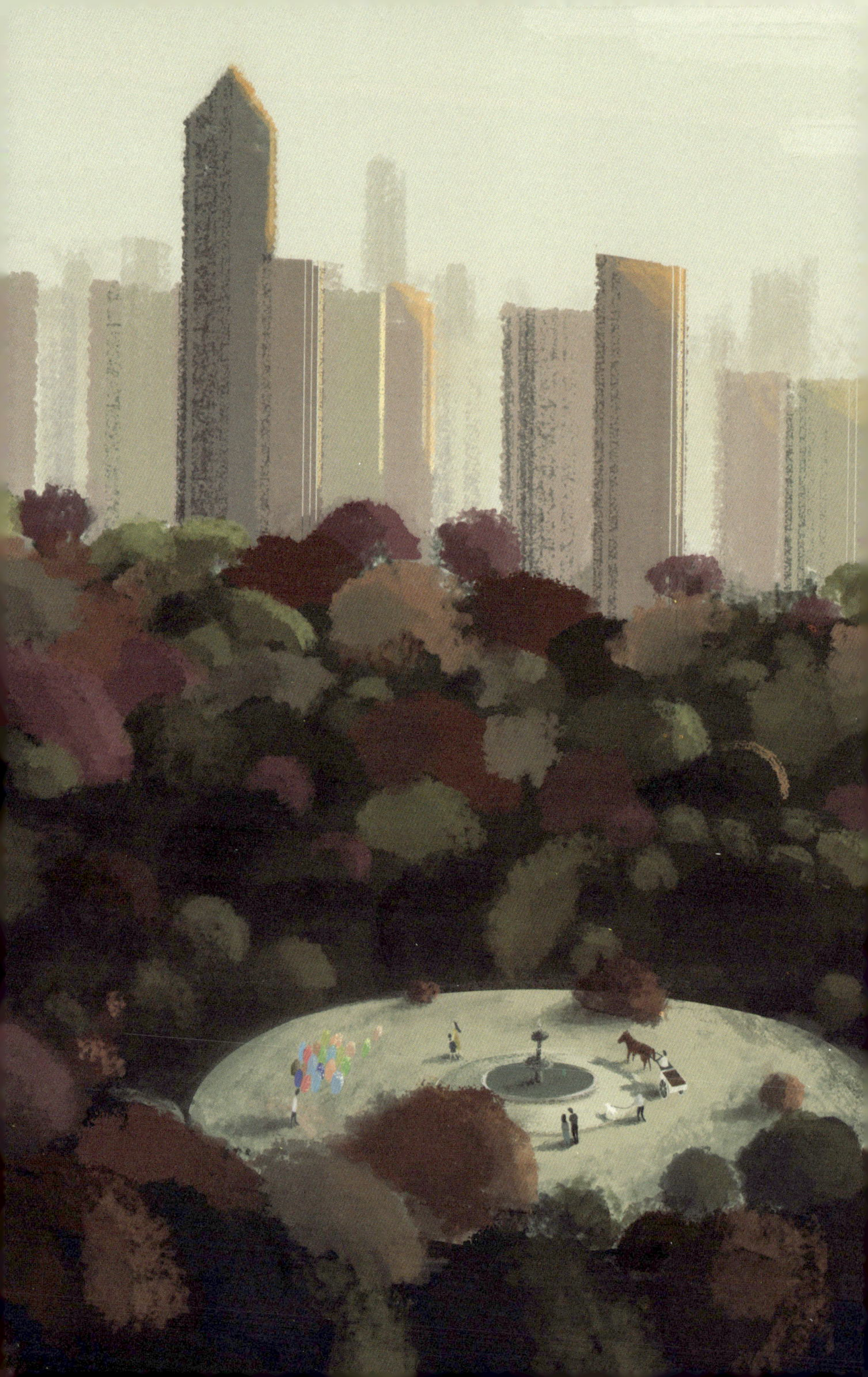

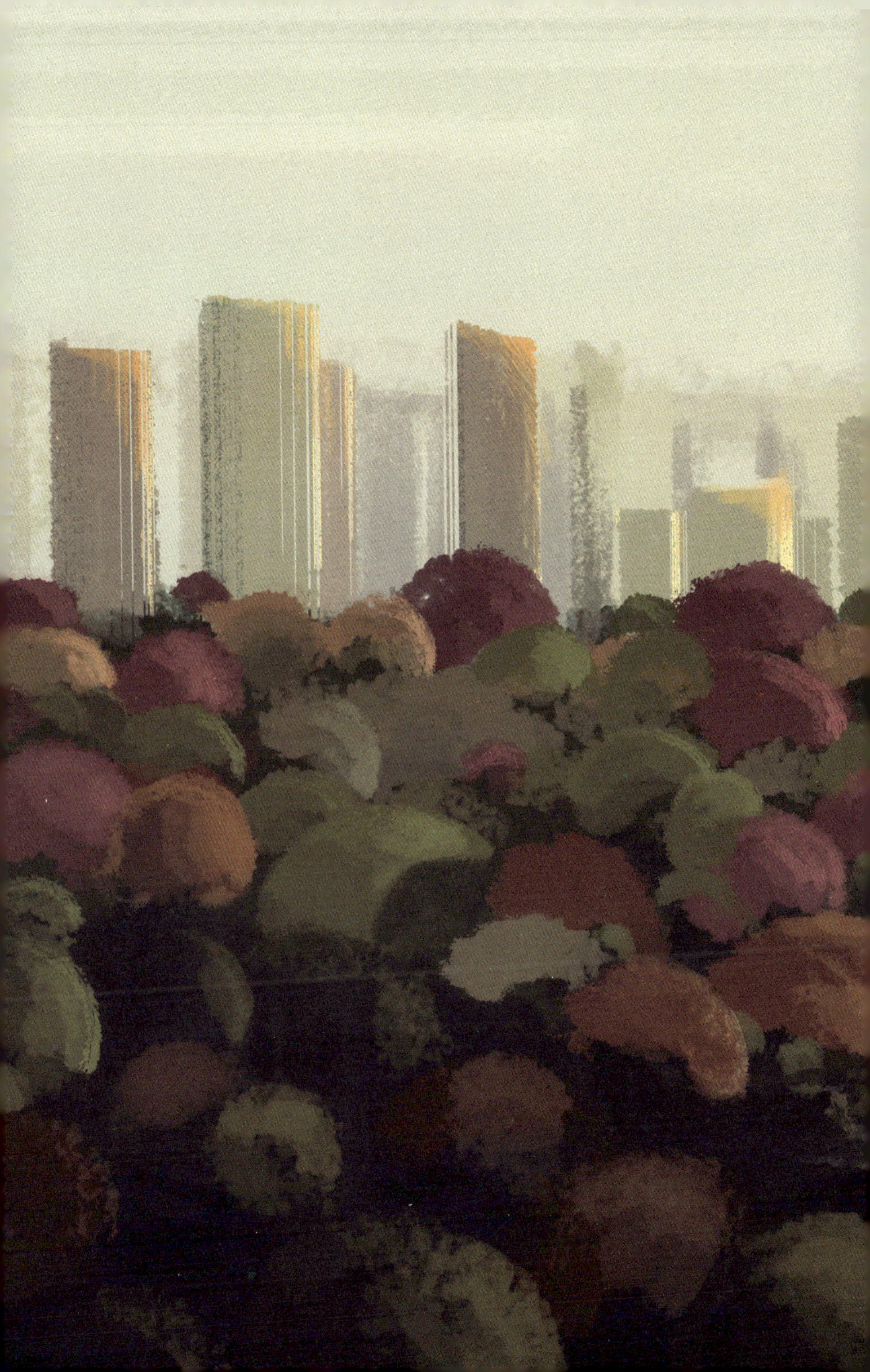

家的新移民。有些小国家她从来没听说过,她逐字抄在本子上,回家在网上津津有味地查询每一处的名胜古迹和土特产。中国同胞自然也不少,从北大来的访问学者家属,陪孩子在茱莉亚音乐学院学习长笛的母亲,以及帮女儿带小外孙的祖母,总的来说是女性更多一些。

远离家乡和亲友,这些大龄学生彼此间成为了朋友。她们交流功课,结伴旅行,学着入乡随俗地过一过感恩节,共享硕大的烤火鸡和南瓜派。有时碰到作业的难题让所有人都卡壳儿了,妈妈便扭扭捏捏地当课代表来向我"求救"。"这段文章是什么意思,你有空吗?"她满怀歉疚地,"有空的时候,帮我翻译一下,行吗?"

虽是社区里的免费课,规矩却一丝不苟,旷课三次即被开除,两次不交作业便要被老师问话。

那些阅读文章一般有五百个单词,难度只是小学二年级的水平,但深具黑色幽默,比课本有趣百倍。妈妈一个字一个字地查字典,把中文标在旁边,可还是拼不出完整的一句话,我总是兴致盎然地帮这举手之劳,自己也乐在其中。

比如这篇《租一个家庭》。

萨托太太很难过，今天是她的生日，可她只有自己一个人。她的丈夫于1985年去世，她的女儿住在另一个城市。她儿子要上班。萨托太太走到电话机前，打给了一家在日本的公司。

"你好。"一位女士接听。

"你好，"萨托太太说，"我想租一个家庭。"

"你想要什么样的？"女士问。

萨托太太说："我想要一个女儿，一个女婿，和两个外孙。"

当天晚上七点，四个演员来到萨托太太家里。

"生日快乐！"演员们说。

他们和萨托太太一起待了三个小时，与她聊天，和她一起吃晚饭，一起看电视。萨托太太非常高兴。

大部分人租家庭是由于寂寞，他们的孩子不来探望。但有的人是因为他们喜欢这些演员。一位女士说，我总是与我的儿子和儿媳吵架，但我从不与我租来的家庭这样。我的家人们还可以，但租来的更好！

两年里妈妈一共上了八十节英语课，记满了四个 A4 大小的笔记本。接近六十岁的年纪，从最简单的 Hello 开始，重新背单词，记语法，如此学习一门新的语言。白天我们出门去了，她在家一边洗衣拖地，一边播放课堂录音。

"Today is January 13th, Wednesday."

异乡的八百个日与夜，每天早晨妈妈总是这样叫醒我们。晚上当我拿出电脑写论文的时候，她也在我对面坐下来开始读笔记。一盏小小的台灯，在墙壁上投射出两个埋头读书的身影。

就连出国旅游也不松懈丝毫，每天晚上在酒店房间的写字台边复习。

我说：你也不必太认真，差不多就行了吧。

她嗯一声，头也不抬，一支铅笔唰唰唰地抄写单词。

每完成一个学期的英语课，图书馆的老师都会为学员们进行水平测试，通过的人便不能继续上课，把免费学位让给新人。妈妈年纪大，纵使努力，进度也较其他人缓慢，成为在校时间最长的"复读生"。送别的那天,教课的老师总会给大家弹两首他拿手的吉他曲，二楼的图书管理员会烤一盘香喷喷的牛油饼干端上来。妈妈也会祭出她的法宝——唱歌，有时是一曲杭天琪的《前门情思大碗茶》，有时是《说唱脸谱》。她十九岁入伍进京，至今说得一口清脆响亮的京味儿普通话，因部队情节，最喜欢阎肃先生写的歌词。许多来自中南美洲的同学，生平头一遭听到这借鉴了京剧唱腔的戏歌，对新旧交融的东方旋律大感新奇，从此成为妈妈的拥趸。

不管走到哪里，不管多大年纪，妈妈总有自己的舞台，这一点我是很佩服的。

刚安下家的时候，妈妈经常反复念叨《北京人在纽约》里王启明说的那段话："如果你爱他，请带他去纽约，因为那是天堂；如果你恨他，请带他去纽约，因为那是地狱。"

渐渐地，她再也不说了。在这里，我们遇到过傲慢无礼的家长，态度恶劣的电影院售票员，指着鼻子骂我的精神病人，以及曼哈顿独有的恨天恨地恨人类的老太太。但更多的却是这座城市给予的照拂。

第一次到切尔西，我的手机地图一直定不到位，一双近视眼又看不清路牌，只好在原地团团打转。一位戴贝雷帽的老先生路过我身边，停下来问：需要帮忙吗？

每次我从 Costco 出来，推着满满一车肉菜日用品等公交车的时候，一定会有人帮忙抬上去。公交车司机会对儿子说，听妈妈的话，做个好孩子，也要快快长大，像个男人一样照顾母亲。

周末的时候，我们去中央公园玩耍，儿子总是闷闷地坐在一边，他喜欢踢球，可我们仨都不会。他羡慕地看着别人家的父子俩，又不敢过去。是那些素不相识的小男孩主动走过来问：要不要一起玩？我们差一个人呢。

是纽约让孩子们懂得，冷淡不是冷酷。

去年春天的一个周末，天气刚刚回暖，云里透出一层薄薄的阳光，人们憋了一个冬天，纷纷迫不及待脱掉大衣，跑出来透气。我带着孩子们去搬了新址的惠特尼美术馆参加那趣致的儿童手工课，随后转进高线公园。春光甚好，梨花大朵盛放，缀满还没长出新叶的树丫，是这城市转瞬即逝的温柔花季。我们乘着这惬意，打算漫步到 23 街的 Eataley 吃美味的牛奶 Geleto。

上次来高线公园是深秋，与今日的春色大不相同，孩子们感到新鲜，到处跑来跑去。我转过一个弯，往前走了十几步，一扭头，发现刚刚还在身旁的儿子不知所踪。妈妈大为着急，到处唤他名字，可无人回答。那天公园里游人很多，路却窄得很，摩肩擦踵之中找一个小孩不是易事，我沿着来时的路伸长脖子张望呼唤，最后在一百米开外见到一群人围作一圈。快步走上前去，看到儿子正站在人群中间抽泣。

五六名女士围着他安慰："别怕，妈妈很快就来找你。"

一位女士为他擦去眼泪："吓坏了吧宝贝，我们会在这里保护你。"

这是儿子第一次走丢，他吓得不轻，不住落泪哽咽。可是因为害怕，又不敢号啕大哭。

我靠近去轻轻叫了一声："嘿，妈妈在这呢。"

他抬头看见，飞快地扑到怀里，瘪着嘴掉泪，委屈得很。

围着他的人都松了一口气。为儿子拭泪的那位中年女士对我说："我们看见他慌了神似的到处乱跑，应该是迷了路。为了不让他越跑越远，就守着他在这里等你。"

有人弯下腰对儿子说："跟着妈妈回家吧，以后要当心哦。"又掏出几颗糖送他。

这个城市不懂客套。活着已经很难，何来余力让旁人如沐春风。可就是这样一群如同绷紧的弦一般生存的人，总是在我彷徨、疲惫、无助的时候停下来问：需要帮忙吗？

仿佛一个风尘仆仆的过客，自己身上背着沉甸甸的行李，却还要把你的包袱抢过来扛在肩上走一段。

有一天妈妈告诉我："昨天我在地铁里碰到 Luke 的爸爸，没想到居然是个音乐家，背着大提琴要去演出呢。"

Luke 比儿子高两级，一头漂亮的金色长卷发柔顺地搭在肩膀上。他和爸爸共同担任小学的垃圾回收志愿者。爸爸把垃圾放进一只半人高的塑料桶，儿子负责给大家盖印章。即使是零下十六摄氏度的二月寒冬，父子二人也从未告过假，虽然经常呵欠连天地眯着眼靠在爸爸身上，这个三年级的小学生依然每周二和周五七点四十准时出现在学校门口。为了集满一百个印章，妈妈每天做饭时都会把蛋壳留起来，和水果皮一起放进干净的袋子里交给这父子俩。

她万没想到，那双天天打包香蕉皮和烂苹果的大手，居然可以在卡耐基音乐厅拨动琴弦。

属于凡人的纽约，没有名流，没有繁华。第五大道上空所飘浮的，唯有缓慢与沉静的流光。没有政治，没有愤怒，仅存地铁离去后遗落在站台的忧郁。夜幕里的街头一盏盏交替闪烁的红绿灯下，没有看不懂的艺术和撒落一地的钞票，只有暖气管道冒出的白色水气，让下着雨的街道犹如一首婉转的咏叹调：

再见！我将去远方，像清脆铃声消逝再无回响。奔向那皑皑的雪峰，金光缭绕的地方，它们将带来希望，抚慰我心中一切痛苦和忧伤。啊！我的母亲，我童年的故乡，我将永远离开你，去到遥远的地方，我将永远不再回来，我将永远不再见你，我最亲爱的故乡。再见，故乡。

你的难，我无力解救，但希望你坚持，因为我也一样。
平凡而不普通的灵魂小火焰，永远不熄灭。

有暖气的地方

知识就是力量,这是流传已久的真理。因此从小就被大人们要求多读书。

可惜我却不是个爱看书的人。青少年曾有一段时间饱读,自那以后便开始逐年减少,到得现在大约一年只能读完三五本新书了。曾看过一个中国人阅读情况的调查,我这个数字,居然达到了平均水平。

究其原因,一是有了智能手机,这是主要的;二是找不到好书看,这可能是借口了。

什么是好书?倪匡说,好书就是好看的书。批评家们总关注一本书的文学性、文学价值或者社会意义,但对于读者来说,武侠侦探、言情穿越,甚至漫画也好,只要能让人手不释卷,废寝忘食,那便是最大的幸运,倘若掩卷尚有余思,便可算顶好顶好的书了。所以我不爱看闷得要命的工具书,一派深沉的学究书,还有那以普度众生为目标的心灵鸡汤、御夫手册、优雅指南。

在中国的时候，我只喜欢那些开在老城区里的小书店。一溜儿木头书架排开，从最流行的开始，女中学生爱看的言情小说，男孩子们追捧的热血漫画；然后是稍稍严肃些但情节仍然跌宕的古代传奇志异、当代小说；自然是不缺百读不厌的名著，《红楼梦》《水浒传》《基督山伯爵》《茶花女》《双城记》；甚至五行八卦，奇门遁甲，太极拳谱之类，也应有尽有。书店的主人若是文雅，会在角落摆上两张小桌，供读者们喝些茶水；平民化的则卖些铅笔盒、戒尺和铅笔。趴在风扇旁边做一套小学四年级数学考卷，是属于长大后的我愉快的消遣。

纽约人爱看书，书店比中国任何一个城市都要多。看书不多的我去过曼哈顿许多的书店和图书馆，因为需要安静且有舒适座位的地方攻克那些永远也写不完的论文。Barnes&Noble是像麦当劳一样的大众连锁书店，以前在波士顿时常去买课本。纽约的分号少了些剑桥镇的书生气，只卖烹饪之类、杂志和畅销书。唯有联合广场旁那幢砖红色小楼，依旧支着深绿色的遮阳篷，为附近的读书人留了一处不太贵的座位。从联合广场向南走两条街，便是著名的二手书店Strand。大苹果的居民出了名地喜欢淘旧货，这个并不起眼的三层楼里有很多平常极少见的旧书和画册，杂货般随意地插在架子上，有时正经书读得烦了，随手抽出一本来，往往找到让人眼界大开的收藏。对于视觉系的新生代来说，布兰恩公园对面的纪伊国屋书店是朝圣必去的所在，那里不仅有属于整个青春期的日本动漫全系列，也有长大后才能看懂的森山大道和荒木经惟。每个八零后迈进这书店的二楼都会尖叫，因为电梯对面的墙壁上是井上雄彦的巨幅亲笔画。

可惜这些名气响亮的时髦书店因为维持生存，必须卖些点心和咖啡，渐渐变得并不清净，往往游人如织，唯有散落在社区里那些简朴的公共图书馆最适合赶苦工。每逢周末，宽阔的书桌旁便坐满准备 SAT 的高中考生。全纽约一共有九十二座这样的图书馆，任何人均可随意进入，免费借书和 DVD。

无论是地价昂贵的中城，还是破落凋零的布朗克斯，总有一幢不起眼的两层小楼，墙上挂着一面熟悉的橙色狮子旗帜，推门走进去，年迈的志愿者坐在儿童阅览室给孩子们讲故事，大人们安静地从图书管理员的桌上领取洗手间的钥匙。这里大多是基础门类的图书，但每层木头书架总是一尘不染，书本按照字母顺序工整排列。玻璃吊灯散发出柔和的光线，高大的拱形落地窗旁边，孩子坐在阳光里听音乐。

哈林区的公共图书馆,离哥大不太远。有次,我在这里写论文时,身边有一名二十岁出头的小伙子,在一台老旧的IBM笔记本电脑上写简历。他的衬衣明显不合身,领带也打得歪歪扭扭。

应该是第一次面试吧,我想。

写好简历以后,他把电脑轻轻合上,归还给图书管理员,推门出去了。

他的背影,让我想起了黑人演员奥西·戴维斯。他曾经这样描述哈林图书馆:

"这里是我唯一的家,是我的存在、我的创作的唯一归属,是第一个真正欢迎我的地方。"

纽约的公共图书馆,并不只是存放知识的地方。这里有干净的饮用水,有宽敞的卫生间,冬天还有充足的暖气,它让那些无家可归的人获得尊严,让不知如何逃离迷幻药和暴力的青年获得安全。

只有获得这些,才有可能拿起手边的书本。

毕竟人所需要的,不是冷酷的知识,而是温暖的智慧。

Part
4

刚好
站在阳光里

只爱你百分之五十

2008年，我第一次成为母亲。躺在深圳妇幼保健院的房间里，儿子裹着包被睡在我右边的小床里。那是春天，离我二十五岁生日还有六个月十二天。

2009年，我只身前往波士顿修读新闻系硕士，住在研究生宿舍二楼的一套房子里，每天下午一点上学，凌晨三点结束功课。吃很多的日本料理，沿着查尔斯河走很多的路。在图书馆里度过一个又一个阴雨连绵的周末。那是冬天，儿子一岁七个月，怀胎五个月。

2010年元旦，早上六点，我清醒地坐在两地牌车上，喝了一杯保温壶里倒出来的热腾腾的牛奶。四个小时又十七分钟后，精瘦却结实的女儿降生在香港。她被抱往育婴室。我回到病房，连吃两大碗瑶柱炒饭。

然后2011年，2012年，2013年……

生活就像客厅里的收音机，播放内容从摇滚乐调到了成语儿歌，重复着一日三餐，吃喝拉撒，以及睡觉前那些漫长又恼人的固定程序。

儿子从小怕水，一提起洗头就悲痛欲绝。我得一只手搂着四十几斤重的男孩子，另一只手用沾湿的毛巾一点点给他擦。小女儿刷牙的时候，刷一下，吃一口牙膏，嚼一嚼，再换个草莓味的，回味无穷。

好不容易到床上，脱得精光以后居然又四处翻起跟头来。女儿越翻越来劲，来到了床沿边上，她对我的警告充耳不闻，不管不顾地滚了过去，我预测先落地的是屁股而不是头，索性不去扑救。果然，哐当！摔了一个巨型的屁股墩儿。她大哭起来，扯起嗓子叫唤。我走近一看："哟，咬到舌头出血了。"她立刻止住哭声，冲进洗手间照镜子，一看果然舌头有血，自己迅速倒了一杯水反复漱口，然后再次检视伤情。"好啦，明天睡醒就会好的。"我抑制不住地大笑起来，得到一顿恼羞成怒的小拳头。

至于第二天穿什么，对两人来说都是重大原则问题。秋裤？别的同学都不穿，我也不穿。这件毛衣的领子太扎了，而且黑色大衣像是男孩子穿的。到底怎么才算满意?儿子要红配绿,女儿要连衣裙里穿棉裤。

每个做母亲的都知道,孩子的成长全部由这些让人血压爆表的小事故组成。不过正因为这样,我们得以偷听好多可爱至极的梦呓,和那像小猪啰一样的鼾声。我也才知道原来孩子已经有了不能输给同学的自尊心。

可是慢慢地,我打算从这些有趣的夜晚里退出来了。因为,属于我自己的夜晚也很有趣啊!

每天早晨我把他们送到学校门口时,会说宝贝儿玩得开心,下午见。他们也会挥挥手说妈妈拜拜。当其他家长还站在铁丝网外目送自己的孩子时,我已经插上耳机听着郝云的小曲儿溜达走了。我想啊,学校里没有老妈的唠叨,你们肯定快活得不得了吧。

儿子六岁生日的前一天,我父母乘着两班相距不到一小时的和谐号高铁,分别自长沙抵达深圳。湖南人的习俗里,三六九岁生日有标志性意义,必须富丽堂皇地度过。

万万没想到,那天家里竟然闹了空城计。恰逢清明,熊猫出差,阿姨返乡,家里只剩我一个劳动力。我把所有鞋子都踢进床底下,同时打开洗衣机和吸尘器。孩子们不停地叫："妈妈我饿死啦。"

硬着头皮打印了两页食谱，女儿从厨房外面经过，看到我在切菜，整个人定格："妈妈你在干吗？"

"啊，我在做饭啊。"

"你？做饭啊？"她伸长脖子望了一眼我手里的菜刀，呆了几秒，转身跑回房间去了。

远远地，我听到她在大叫："哥哥！哥哥！今天妈妈做饭！"

最后真的做出来了。虽然用我妈的话说，"米饭煮了这一页纸厚，狗都吃不饱啊"，但对我来说也绝不亚于打开红海。

我不喜欢做饭，所以我的孩子从来没吃过妈妈做的爱心便当。

常有人问我，出差的时候孩子怎么办，交给阿姨放心吗？我答道"放心"。

工作的时候，我不会忧愁孩子们离开我会不会难过。一个人默默散步的时候，我也不会担心他们今天吃得饱不饱。

每个人的时间都有限，我愿意把做美容和逛商店的时间拿来和他们踢球、画画、划船，也愿意把冬天的暖被窝交换给和他们一起迎着寒风上学的清晨。

但我仍然不愿意把自己全部的世界统统奉献。

于是，我写作时孩子们学会了轻声走开，他们还会驱散不知情的旁人，"安静些！我妈妈在工卓（作）呢！"周末早晨我做瑜伽，儿子会饿着肚子静静坐在一边等待。熊猫放假来到纽约，夫妻俩一起出门，会向两只拦路的老虎如实交代：要去和朋友玩一下。

"玩什么啊？"

"就是聊聊天儿，吃吃饭喽。"

"我也想去！""我也去！"有个跟屁虫。

"让我们过一下二人世界吧，好不好？"

"妹妹，我们也去过二人世界吧。"

"我不要和你过！我要妈妈！"嘴巴高高地噘了起来。

"好了妹妹，以后你要和男朋友一起过啦！"他们的爸爸说。

返家归来，门一打开，只有加倍高兴地扑过来，而没有一点点埋怨。

小家伙啊，当你初次来这世上为人子女，我也是第一次做母亲，我也在努力地学习。但成为你的妈妈，并不是我来这世上的唯一原

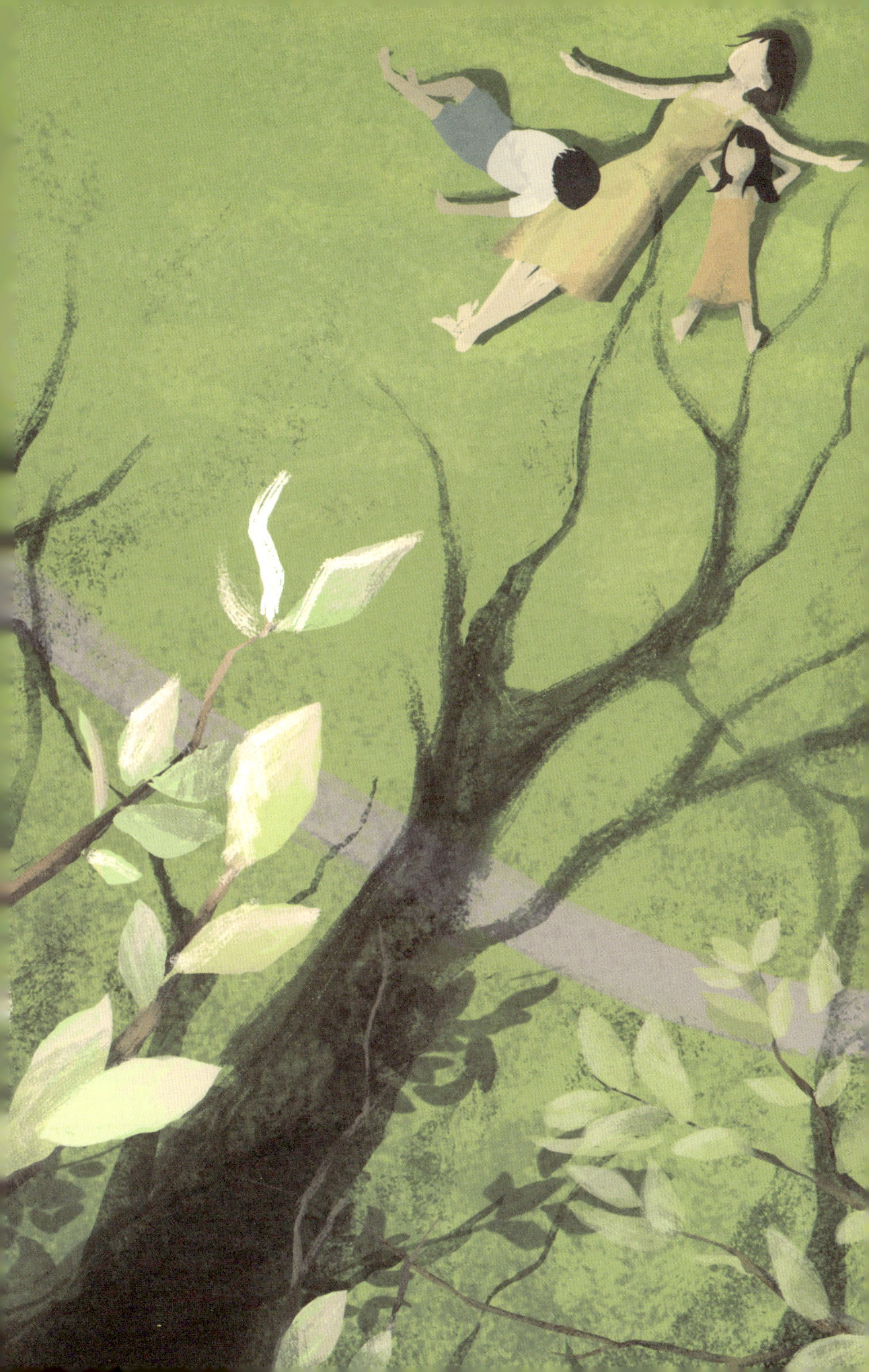

因，因为除了妈妈的身份以外，我也有其他的身份。

所以，我的生命里另外的百分之五十，不能够完全给你。

你会发现父母也喜欢偷懒，喜欢出门玩耍，喜欢抢电视频道，喜欢别人剥好橘子喂到嘴里。

你会理解我不能出现在每一次你的班级活动，有时是忙，有时只是睡过了头。

有很多所谓专家认为父母的一句话、一个动作、一个表情便足以左右孩子的自信尊严乃至终生轨迹，我却不能也不愿成为奶粉广告里的那种母亲。我爱着自己并不完美的孩子，也无意浪费生命去做貌似完美的父母。我期待着有一天当你提起父母，会摊开手摇摇头叹一声气，就像现在的我们一样。

因为每一个人，总有孤独的路要自己走。我希望能静静地站在这里，看你们踌躇满志地等在台下，看你们意气风发地拾级而上，看你们击掌谢幕，看你们落寞分别。我也希望自己这不多不少的爱，能在以后的黑夜里成为不灭的小灯，让你们离家更远，离我更远。

飞向广阔天地。

梅妈的绿豆汤

梅陈玉婵教授是我在哥大认识的第一位老师。开学前无事,在学院网站上浏览名录,她是当时唯一的华裔终身教授。于是给她去信,稍作自我介绍。她很快回复,邀我见面。她的办公室门外贴一张醒目的中文海报,很容易找。推开门,她快步迎出来,满面笑容地说:"欢迎,欢迎。"

梅老师原籍香港,她自嘲自己的普通话"非常普通"。

我用粤语答她:"无紧要。"她很惊喜,说这两年社工系会讲粤语的学生越来越少。"不过没关系,"她又笑,"我的国语进步了很多。"

梅老师年逾六十,手握终身教职却依然勤工。不仅每年出版著作,带博士生,还一直教着硕士的必修大课。第一学期我选了她的社会研究,每次在阶梯教室碰面,她总是穿着黑色九分裤和平底鞋,手捧一大摞论文,依旧满面笑容。

哥大的学生常说，这世上只有两种老师，开心的和不开心的。这两年我遇到的大部分都不怎么开心，更显得梅陈玉婵教授弥足珍贵。

"我的英语有些口音，如果你们听不懂，请随时告诉我。另外，我的视力前些年出了点毛病，只能看到正前方很窄的一部分，请两侧的同学们谅解。"她向学生们致歉，没有知识分子的架子。晚上九点下课后，她穿上厚厚的羽绒大衣，背一个黑色双肩书包步行回家。我常目送那没入夜幕的纤细背影，风雪里步履轻快，倒似走在春风之中。

梅老师是老年医学（Gerontology）领域的著名学者，却不是那种必须事先邮件预约，只能在办公时间才见得到的珍稀人物。她更像我们在菜市场碰到的老阿姨，短发烫着小卷，周末穿着拖鞋去买排骨。以至于有一次在联合国总部讲学，一名官员问："你是哥大的教授？看着不像。"

"他把我当成了清洁工，"梅老师说，"一个扫地的中国老太太，只因我说话有口音。"

英语是梅老师的一个心结。在势利的美国学界,一个没有背景的新移民本就举步维艰,语言和性别是另外两道峭壁般的屏障。可她不仅成为哥大社工学院任教时间最长的终身教授,也是本学院117年以来唯一的一位华裔教授。这一纪录直到2015年才被第二位中国籍学者刘金玉老师打破。

"感到寂寞吗?"我问她。

"当然,"她点头,"不过,教书不是我的一切,我还可以做饭。"

梅老师是虔诚的基督徒,九十年代初从华盛顿大学毕业,拿着一纸聘书来到纽约后开创了本校最早的中文基督教团契活动。二十六年来,该团契已成为哥大华裔新教徒的固定传统。每个周六晚上,梅老师的家门便会准时打开,她独自操办出丰盛的十菜一汤招待客人。名为宗教活动,实际上却是自由交流的聚会。佛教徒、孔孟子弟,甚至无神论者,都在此论道过。哥大以外的访客亦得到一视同仁的款待,无需引荐预约,在这个晚上都会受到梅氏夫妇的欢迎。

亲手准备三十个人的晚餐是巨大工程,早晨学生们还在睡懒觉的时候,老教授已经开车去采购食品,站在厨房一直忙碌到傍晚,常常午饭都顾不上吃。没有海边度假,没有朋友聚会,也没有二人世界。这样的周末,夫妇俩走过了二十六年。

这套一百平米大小、一室一厅的教师公寓十分朴素,最多的便是书本和各式各样的兰草。可它却像一座不熄灭的灯塔,让人在黑夜般的寂寞里看到光亮。当纽约漫长的冬季笼罩而来时,梅妈家的饭菜捂热了许多思乡的心。而我们这些不勤奋也不刻苦的懒学生,学问恐怕是要渐渐忘却的,唯独牢记着的只是雪夜里走向她家的路。

我们叫她梅妈,因为她像母亲,同时看顾着我们的胃和灵魂。然而老师自己却并未得到过这种看顾。年幼时父亲嗜赌,母亲失明,梅妈是在父母争吵不断的香港贫民区长大的。白天在九龙的塑料花厂当童工,晚上得到好心人的资助上夜校,成为四姐弟中唯一读过书的孩子。她如此解释几十年如一日为大家做饭:

"我喜欢热闹,因为一直到读大学我都没有朋友。不是不想,而是没有时间——我要打工。"

梅氏夫妇尽其所能支持我求学。不仅悉心指导课业,还教我母亲英语,教孩子们读书识字。梅先生曾慈爱地拍着熊猫的肩膀道:"当年我们从香港来到圣路易斯时,孩子与你儿子如今同大,只得七岁。

为了他母亲完成博士学位，我们父子俩饿了许多肚子。希望你也能坚持一下。"

梅先生曾是流浪儿，他童年时的肚子是街头的百家饭勉强填饱的。彼时那一家三口的艰难，不是我今时所能比较。而梅老师从母亲处遗传来的眼疾，随时可能让她失明。她却说："哈德逊河太美，让人不舍得离开。"

宗教并不是生活的捷径。信仰也不是他们的吗啡。

毕业前一天，梅老师把我叫到办公室，还是两年前初次见面的样子，那张中文海报依然贴在门上。她依然笑容满面，穿着华盛顿大学的博士袍，递给我一张荣誉证书，却是颁给我母亲的。

"我本来想过个胶，亲手给你妈妈，可惜明天要出差，不要见怪。"她说。

我点点头，穿上刚买的硕士服，和她一起走到学院的大门口，在这两年来最熟悉的地方合了一张影。

如果说常春藤确实物有所值，并不在这墙上的鎏金字，而是站在身旁的恩师。

智服处女座

熊猫是处女座,是严重的路怒症患者,碰到违反交规的司机会直接把人逼停了训话。迎面而来的汽车开着大灯让人睁不开眼的时候,他会杵在马路正中间直到灯光熄灭。等电梯时拼命往里挤的乘客,会被他用肩膀硬生生挡在门外。

我时常劝解:"如此容易动怒,很可能短命。"他仍然气鼓鼓:"反正我没打算活到一百二十岁。"

我是个没有大喜怒的人,每逢遭遇上述种种,不过耸耸肩罢了。和性格截然相反的人一起生活并非想象中那么新奇有趣。在他永无止境的唠叨中,我扔掉了所有防水台坡跟鞋,头发也留不长。这是"严于律人,宽于待己"的典型个案,终日批评我的英语"发音蹩脚,语法荒谬",每次开会总要打断我的发言,以至于周末晚上我捧着鸭脖子四脚朝天看一集韩剧时,也要接收身后直射而来的不屑眼光。

不知道比尔·盖茨是不是真的说过"妻子的水平决定丈夫能走多远"这样的话，我只知道不少男人把自己的平庸归结于太太的智商——太低或太高。

"找女朋友的话，一定要选漂亮的。"他对儿子说。

"为什么？"

"因为丑的也未必聪明。"言之凿凿。

我把儿子拉过来："你应该知道，如今聪明又漂亮的女孩子，未必喜欢男人。"

所谓婚姻需要势均力敌棋逢对手，其实只有在过年回谁家这个问题才用得上。到底为什么爱上这种病入膏肓的处女男，给自己游乐场一般的日子平白请来一尊活修罗呢？如果爱是无条件，爱有没有底线？

妈妈却理解。是因为那一碗面吧，她说。

那是我们刚认识没多久的时候，一个夏天的晚上，空气异常闷热，压得人胸口发紧。我俩把空调开到最大，然后打电话叫了一份外卖。一个多小时过去了，东西迟迟没有送来。那个年代没有智能手机和外卖 App，除了傻等，我们别无他法。天开始下起雨来，雷声在夜空里低沉地翻滚。两人饥肠辘辘地又等了四十分钟，门铃终于响了，一个穿着背心短裤，趿着拖鞋的小伙子站在门外。他一手提着面条，另一只手抱着黄色的塑料雨衣。低头看去，面汤已经全部洒在了袋子里，滴滴答答漏在地上。

熊猫走过去，指了指汤汁淋漓的袋子说："这面没法吃了，我不要了。"

那头发湿漉漉的小伙子低下头沉默了一会儿，我担心他要争辩，可他却说："哦，那我走了。"

我愣了一下。他已经转身离开，走出几步又停下来，扭过头小声道："对不起。"

走廊的地板很滑。他跟跟跄跄，一手提着面，一手抱着雨衣。我们站在门口，看着他慢慢走远。

关上门，熊猫径直走进房间，坐在电脑前开始打游戏。我站在房门口，看着他的背影出神。过了好久，我走上去抚着他的后背道："外面的雨下得好大。"

他没回答，放在键盘上的手停了下来。

"你心里难过，是不是？"我问。

他忽然把脑袋埋在我怀里开始哭起来:"他淋着雨来给我送面。"

"我知道。"我摸着他的头发。

他抽泣着,肩膀微微抖动,双手紧紧攥着我的手。

"去给餐馆打个电话吧。别让他回去了挨骂。"我说。

他点点头,像小孩子似的用手背拭去泪。

我坐在客厅里,听他轻声讲电话:"我是刚才叫了一份拉面的客人。请问给我送餐的小伙子回去了吗……啊回来了,太好了……请你不要怪他,是我态度不好。那个,我想向他道个歉……"

他说的每句话都像压在真空里的照片一样,至今完好无缺地保存在我的记忆里。在一段不长不短的岁月里,总有一些可以写进歌词的动人片段,而这个故事实在不算什么。它既没有浪漫到一辈子向子女津津乐道的程度,更不能包治百病,一键解决婆媳关系之类的千古难题。尽管流了泪,道了歉,自此不在恶劣天气叫过外卖,也不再因任何无心之失而发火,可他依旧还是那个沙文主义的处女座。

人是会变的,而大多数人只能每况愈下。初遇时洁白的善良也许早已变了模样,可是即便这样,每当行进中的前方像在大雨中开车一样满面模糊时，那个闷热的夏夜总似一个短短的桥洞，给我明朗安静的瞬间。它并不足以让我跑完这场马拉松，但它让我愿意去想象下一个补给点的样子。

去哥大读书两年，是我与熊猫相识十二年以来第一次真正意义上的分离。除了夏天短短的一个月，余下的三百多天里，我们天各一方。偶尔打一通电话，大多在我上班的路上。周六孩子们与他视频聊天，看到他在家打游戏。除此之外，我们并不知道对方在干什么。

记得当年我们初相识，每日早晨醒来，总看到他表情严肃地凝视着我。他说：我怕一闭眼，你就不见了。我心里发酸，抚摸着他的头发说：不会的。可十几年后的今天，我还是走了。

结果怎么样呢？

我们俩都发现，一个人生活着实不赖呀。

他终于能够全心地投入热爱的工作，而不再有冷落我的后顾之忧。至于我，再也不用天天找牙膏盖子和不成对的袜子，每餐吃什么莫名其妙的西红柿烧豆腐。

好友来探望我，他说：你一个妇道人家，拖儿带女的，家里没有男人，真不容易。

-SPECIAL-
-SPECIAL-
fresh & organic.
-SPECIAL- SPRING STRAWBERRIES
FRESH PICK of TODAY

我说，拜托，现在是二十一世纪了好不好。我是不会开车，可如今有 Uber 了。大米太重提不回来，亚马逊帮我送到家门口。没人陪儿子踢球？班级其他爸爸当他的教练，我教他女儿讲中文。

的确，在最初那三个月里，我无数次地想让熊猫飞过来，哪怕只是在他的肩头靠一靠，让我喘口气也好。

可我从没想过要打道回府。我需要回到广阔的长天大地去，我亦无尽想念心中的星辰大海。那是你遇见我的地方，也是我不能放弃的地方。

临近圣诞节的时候，熊猫到了纽约。他每天接送孩子，还当上了儿子班级的护卫队员，几天前我们带孩子们一起去上游泳课。这是结业前的最后一课。老师说：现在你们都会游泳了，我想问大家，如果今天你看见有人掉进水里，你会怎么做？

有个小男孩说，跳下去救他！

老师收起笑脸，严肃地看着大家说：不，我最不想你们做的事就是去救别人。记住，永远不要跳下水去救人，因为你的生命同样宝贵。还有些时候，那于我们也许是食人的惊涛骇浪，于别人却是甜蜜蜜的巧克力瀑布。

孩子们问：那我们应该怎么办呢？

老师弯下腰来，拾起一块浮板说：你可以给他救命的东西。如果没有，就让他四肢打开仰面躺在水上，不要挣扎，人自然会浮起来。

孩子们恍然，重重点头。

熊猫走到我身后，小声说：这也是你想对我讲的话吧。

处女座的他常说，人并不是为了快乐而活着。

而我也明白感情，也并不是因为风平浪静而长久。

殊途同归，并肩同行，方不辜负你我互赠的青春。

糊涂一点做母亲

毕业典礼举行的前一天,梅陈玉婵教授叫我去办公室。她穿着母校华盛顿大学的博士服,颈背挂着丝绒制的智慧囊,双手递给我一只文件夹,笑着说,送你妈妈。

我打开一看,是一张浅黄色信笺,印着学校的皇冠徽标,上书:

颁发社会工作荣誉硕士学位予许某某同学

致谢其在女儿曹颐就读哥伦比亚大学社会工作硕士期间对曹颐和孙辈的支持和贡献

我小心接过来,对梅教授挤挤眼:"这个厉害,她可要高兴坏了。"

果不其然,老妈看到后笑得合不拢嘴,饭都不吃马上发朋友圈。直到晚上我准备睡觉了,她还坐在客厅审阅铺天盖地的点赞。

我问：明天典礼你穿的衣服准备好没有？

她如梦初醒一般跳起来，捧出三套裙子问我："哪一套好看？你帮我选。"

我拎出一套领口嵌着珍珠的浅蓝色套装，说："这个吧。"又补充道："明天冷，带上你那件黑白花鸟纹的外套。丝袜给你买了新的，在桌子上。明天早上八点出发。"

老妈一边点头一边在记事簿上飞快地记。突然她停下笔问：那我提哪只包？

自我十三四岁开始，这个家里的大小事情都是我说了算。

其实妈妈并不是软弱的小妇人。十九岁赴京入伍，四十岁中校衔转业，二十多年的军旅生涯，如今拿起枪还能轻松打出十环。当年与父亲离婚后，妈妈每日去健身房锻炼，她对我讲，离婚以后才知道人还可以这样活，为自己活。

可深夜仍会伤心难过，躺在我身旁哭泣。我平静地说：怕什么，你还有我。

我与母亲相依为命，相貌有八成相似，性格却大相径庭。她刚强耿直，爱憎喜恶溢于言表。我却圆滑稳重，从不冲动。每每她义愤填膺，我倒是那个慢悠悠丢出一句，"现实就是这样，你今天才知道啊"的人。母亲非但不是虎妈，她甚至没有长辈权威。不仅择偶再婚的大事要请我"过目"，街坊间的芝麻绿豆也要咨询一二。至于我的人生大事，她既帮不上什么忙，也从不掺和。上大学那天，她把我送到宿舍门口，挥挥手就走了。毕业以后，我每隔半个月乘火车回去一趟。平日两人各过各的，我自己带孩子。

女儿刚出生时我有一段日子过得艰难，从不查岗的妈妈也隐约感觉到了，她在电话里问："要不要我过来？"

我怀里抱着小姑娘，用肩膀夹着手机，眼泪全部流到了屏幕上。咬着牙屏住呼吸道："没事，你别来。"

她神经粗得很，以为我嫌弃她，还为此不高兴了好些天。

后来我开玩笑：你是不是应该感谢我啊，不用像别人那样天天带孙子。

她嗤一声：我又不欠你的。

2013年的夏天我俩在广州酒家吃早茶。我说："妈妈，我还想去美国读书。"

她停下筷子看着我，问："孩子们怎么办？"

"带着一起去，"我说，"你能不能帮我？"

她眼睛也没眨一下，点点头："可以。"

亲戚朋友们知道后一片哗然，纷纷劝她：照顾两个小孩吃喝拉撒，语言又不通，活受罪，三思。舅舅们直撇嘴，都是当堂客的人了，还读什么书？

妈妈回答：我养女儿又不是为了让她生孩子。

搬进曼哈顿的那个晚上，家具还没装好，我们四人站着吃了一盘饺子。她从碗里夹过一只给我，摸着外孙女的头发，眼睛却看着我。昏暗的灯光里，妈妈的目光果敢、坚毅、温柔。

"放胆去，有我们呢！"她说。

但大多数时候，她和最普通的中国老阿姨没什么两样，爱给年轻人介绍对象，爱给我发各种道听途说的伪科学。

妈妈以前没来过纽约，听不懂英语。她送孩子们上学，有洋人走过来指手画脚，嘴里叽里呱啦，她一个字也听不明白。去买洗碗液却提回来一罐洁厕精，想去退货却又不敢，在超市门口直打转。她最害怕纽约的地铁，总是坐反方向；有时慢车变了快车，"呼"一下就过了站，不知被带到了哪里，叫天天不应，叫地地不灵。虽然嘴上逞强不说，这些小事却让尊严受损，她心里时时彷徨，夜间辗转反侧，不知自己能否坚持得下来。

"这是我作战任务，无论如何也要完成。"孩子们都睡下后，妈妈摘下围裙，坐下来喘口气。吃了多年的部队食堂，她的做饭水平十分有限，每天站在厨房里有点焦头烂额。几味简单的家常菜，像西红柿炒鸡蛋之类，始终徘徊在及格线附近。

有饭吃，有衣穿，不出安全事故，已是母亲的能力极限。没我帮忙的时候，孩子们可以连续吃三天土豆丝炒肉。除了生日那天，女儿没穿过连衣裙和小皮鞋。可他们好像并不在乎，晚上回家抱着外婆亲个没完没了。孩子们教外婆说英语，吃洋餐，披萨、汉堡、墨西哥卷饼，甚至是顶难吃的吞拿鱼酱三明治。

我的妈妈无权无势，不能为我安排工作，没有人脉为我铺路，也没有财富供我为所欲为，但她的爱却是很奢侈的。她没有把女儿变成离婚的价码，没有因为夫妻恩怨就割断父女血肉。小时候每年夏天，她亲自把我送到父亲家过暑假，每个星期六她都让我给爷爷奶奶打电话。她过了十多年的单身生活，却没有因为害怕独守空房而把子女绑在身边。她宁可抱着两个月毫无音讯的电话胆战心惊，也不打算用舒服的家剪断年轻人的翅膀。

母亲常说，离家远一点没什么不好的，外面的世界大着呢。

不少父母把子女当作创业的资本，希望来日翻倍。我母亲却是个糊涂的投资人。她似乎早已把这笔买卖当作慈善事业而忘却了索取收益。大学毕业以后捐款停止，她对我在办公桌上连睡两晚的生活不闻不问。她把我的房间清理出来作储藏室，让我知道家已不再是遇到挫折可以随时折返的归巢。

母亲让我真正地自立门户，去体会现实的跌宕和残酷的趣味，去坦然面对七情六欲，以及那让自己感到恐惧的幽深内心世界。

我一度以为我们母女自此便是桥归桥，路归路。我不再当她的女诸葛，她也不必再操心我的避孕措施。

这天晚上，我把那套领口嵌着珍珠的浅蓝色套装交到她手上，妈妈顺手往我嘴里塞了几瓣剥好的橘子。她说："壶里还有菊花茶，你晚上熬夜多喝点。早点睡，明天还要早起。"

她替我打开台灯，道了句晚安，转身回房去了。

台灯下有一张用歪歪扭扭的汉字写着"谢谢"的卡片，我轻轻打开，是妈妈的一位美国朋友 Melinda 寄来的，她每周抱着刚学会走路的女儿到街角的游乐场与妈妈见面,向妈妈学习中文儿歌和简单对话。

这位大学教授在卡片上写:谢谢你,从你这里,我不仅学到中文,更学会如何成为一名更好的母亲。

谢谢妈妈。

另一种眼泪

哭是一件痛快的事。心里的悲伤、委屈、遗憾、愤怒，往往是讲不出来的。孩童时不懂讲，成人了则是不能讲。于是如鲠在喉，在哭的那一刻，终于一下子全吐了出来。

儿子是急性子，两岁多还不太会说话，每天号啕大哭，上气不接下气，把我的母爱都快哭干。更多却是不忍，千言万语说不出，实在是人间酷刑。

六岁以后，他忽然甚少掉泪了。到美国上一年级，第一天开学人头涌涌，孩子们经过一个漫长的暑假，重逢后纷纷迫不及待地交流各自的旅行见闻。唯独我们母子俩谁也不认识，站在旁边羡慕地看着大家。

让我想起自己从长沙转学到广州，报到那天明明迈入了正确的教室，却因为一抬头看到座位上一张张陌生的面孔，眼睛里写满"你是谁"的疑问，竟被吓得掉头便跑。直至跑到走廊尽头无路可逃了，心脏还在咚咚直跳，耳朵旁反复只听见一句话，回家吧，回家！

我侧过头看看我的小男孩。他神色平静，不知道在想些什么。想要开口说点鼓励的话，又担心弄巧成拙，索性沉默地牵着他的手。老师这时候出来了，指挥孩子们排成一列长队，缓缓走进教室。他突然松开我，跟着同学们走了。我追上两步喊，拜拜！他才回过头来挥了挥手，快得让我来不及拍一张纪念的相片。

一个星期后首次家长会，老师告诉我，他听不懂英语，所以在学校几乎不开口说话。

一个月后 ESL 老师约我见面，说他需每周四天单独补语言课，而不能参加完整的班级教学。

每天我都在等待，早上他坐在沙发上像小时候那样大哭一场，眼红红地对我说："妈妈我不想去上学了。"

可是没有。

一日他懊恼地回到家，吃饭时长吁短叹。一问之下，原来是心爱的玩具车被一位同学借去许久未还。他想索回，却不知如何用英语描述那台车子，以及何时何地借予了对方。我教了几遍，最后他结结巴巴,总算是勉强背了下来。没想到第二天回家却更沮丧,同学直接否认曾借去他的玩具。他如哑巴吃黄连,晚上在床上辗转反侧。

可是转日他仍然背着书包上学去了。

每天早上我把他送到校门口,他总是恋恋不舍,与我又抱又亲,一步三回头地缓慢前行,直到拐进餐厅看不见了,有时还会探出头再招一招手。

我总是在那儿多站一会儿,因为怕他会突然哭着跑出来要跟我回家。

还是没有。

直到年底去医院体检,完成后护士送我们出门,却又突然把我召返,拉到一边低声说:"刚才你儿子走在你背后,趁你看不见,他回过身来对我比了一个手势,"她抬了抬中指,"你瞧,我并不想你惩罚他,只是告诉你孩子们也有些小把戏。"

那一刻我惊愕得也几乎要比出中指来。

被抓了现行的小罪犯,看我再次走出诊室来的瞬间就哭了。那是一种我以前从没见过的哭泣,没有委屈,没有难过,只有恐惧。

当孩子不再因困难而退缩,却用眼泪来逃避惩罚时,他们已开始变成复杂的人类。

小女儿的眼泪里也开始有了不一样的东西。一天晚上我受邀与她同床共枕，听她东拉西扯，聊到一年前的暑假时光，小鸟般呱噪的她忽然陷入沉默。我问："暑假发生了什么不开心的事情吗？"

黑暗里她没搭腔，过了好久，才小小声答："有一点不开心……"好像生怕说错似的。她慢慢说起缘由，说到最后，小姑娘才终于哽咽起来，流出了憋在心里好久的眼泪。

如果不是这样一个偶然的夜晚，我永远不会知道五岁的悲伤已经那么长。

还有一次，坐在电影院里看《海底总动员2》，多莉经过重重冒险，终于与原地等候多年的父母重逢时，女儿也在黑暗里偷偷抹泪。发现我时，立刻低下头去，假装什么也没发生。

不再因为自己饿了、困了，想要的得不到而哭闹，却选择把委屈留给自己，为了一个不相干的角色生出恻隐之心，流下不想被安慰的眼泪。这些，大概就是成长中无奈又孤独的开始吧。

没有一天不想你

2016年的春节，因为纽约市长的新政令，公立学校终于在农历大年初一这一天放假了。我也从联合国告了一天假，和孩子们一起过新年。可是这应有尽有的异国他乡，唯有团圆买不到。因此一杯一杯地喝着酒，给老太太和小侄女发红包，调解亲戚们的拌嘴，以及咬牙看完春晚最后一曲，这些过往唯恐避之不及的事情，有点让我想念了。

大概三五年前吧，我们在空城般的深圳过了一个年。没有亲戚上门，没有做了整整一天的十菜一汤，只是朝夕相对的那几位，坐在循环播放着《恭喜发财》的餐馆里，吃了一顿半凉不热、喧哗冷清的年夜饭。回到家后，只觉心中发涩，既想念远方真正的家，更因无法把自己拥有的那些守岁的温暖回忆传递给孩子们而感到歉疚。

再向前十年，那个除夕夜里爸爸在朋友家里看了一整晚的球赛，我呢，和男朋友在悉尼喝了一杯又一杯白葡萄酒。我俩连一通互相拜年的电话都没空拨出。

那时的我以为，你们反正会永远在我回忆的封印里，任何时候，只要我站在镜子面前，输入一个眉毛和嘴角才懂的密码，你们就会完好如初地回来。

可是后来有一天，我不知为什么突然开始害怕了，害怕你们会和风景一样转瞬即逝。对这若隐若现的分别而感到焦灼的我，一反常态每个假期都在广深铁路上不知疲倦地往返，直到有一次回到家中，天天坐在摇椅上看书的祖父不在了，而开始了无尽的思念。

当我坐在车里的时候，我想起以前在放学路上遇到他的车，兴高采烈地跳上去。

当我坐在饭桌旁的时候，我想起他总让我挨着他坐，吃完饭抚摸我的后背。

当孩子躺在我腿上睡觉的时候，我想起十岁去北戴河的路上，也是这样倒在他的腿上酣睡。

拦出租车的时候，想起他不知如何打车。

看书的时候，想起他每天在灯下看报的样子。

地铁进站的时候，想起他每年夏天在站台上等我。

我想念每个星期六他给我打电话，我问他天气怎么样，身体好不好，钓鱼了没有，打麻将了没有。

我与祖父的三十一年全在寻常之中。而今我在寻常中忆他，在寻常中找他。在寻常白日里平静地生活，在寻常夜晚里独自流泪。

在除夕夜的清晨，天还未大亮，半梦半醒中听到窗外屋檐上轻微的声响。闭上眼睛细细听去，那声音就像手表的秒针一样，施施然，不紧不慢而毫不犹豫地走着。

第一场雪，总是这样悄悄在夜里来到，待得睡饱一觉醒来推开门，那夜里的吱吱声响已经退去了，只有一大片明亮的白色围绕在身边。没有任何风，就那样慢慢地、直直地落在肩头和手心。十分轻，十分温柔。因为太轻，太温柔，在落下的瞬间已经消失不见。

街上的行人纷纷把帽子捂得紧紧地耸起肩膀走着。耳旁响起几千公里外爸爸的声音："这是爷爷的墓地，能看见湘江。"小时候，还只会在地上到处乱爬的时候，爷爷可以一只手把我提起来放进怀里。他眼里可怜的小家伙就像这场雪一样，无声无息却不间断地长大了。长大到有一天抚着骨灰盒轻轻地说：我要去纽约了，虽然远，还是能看见我的吧。

呼着白气回到家，一切整齐而温暖，沙发上铺着厚厚的毛毯，旁边摆着一双簇新的棉拖鞋，连植物也精神奕奕的。正在做饭的妈妈和伏在桌上写作业的孩子们一起转过脸来，送来一个大大的笑脸，露出可爱的牙齿。房间里被睡得旧而软的格子被套已经叠好，躺椅上摆着昨晚没看完的书，旁边亮着一盏台灯。妈妈打开电视机，准备收看大洋彼岸的春晚直播。

心里升起了如同这小雪一般极轻极轻的喜悦，不知从哪里来，也不知什么时候会散去。

为了不让妈妈感到冷清，我在门上贴了一副春联，很快被邻居拍照下来传到了脸书。也许在她的想象中，门后自有一个不为人知的东方春天，可事实上，我连速冻饺子都没煮。

离开你的六百多个日子，就像在漫长的夜晚等待下着初雪的清晨的模样。没有踏着厚厚的积雪迎面走来的快乐，只剩下小心翼翼转瞬即逝的喜悦。每一次这样的喜悦过后，是又一个辗转反侧的漫长夜晚。

在这场雪之前,对你的思念,我从不曾说,也不愿写。这是下在我心里的一场大雪,即使已过去两个冬天,仍然没有止住的打算。

通过网络直播看春晚,并没什么过年的气氛。去年的这一天,孩子们还要上学,我也一样。唐人街以外的地方,这不过又是一个格外冷的冬日。

过去那些彷徨、失落和动摇,尽管你从来只是袖手旁观,就像等待雪花落在脚边慢慢融化,可是只要你在,就好了。

对于我的孤独、我的艰难、我的疑惑,你一直无能为力,可是只要你在,就好了。

这一天,我与你不在一起,吃了一顿不冷不热、喧哗冷清的年夜饭。即使这样,仍有我们昔日团聚的回忆,这也是团聚,没有遗憾。

这样就好了。

致友情

Jimin

Jimin 是我在哥大认识的第一位同学。开学那天迎新，两百多人坐在阶梯教室里互相打量，总是肤色相近的坐在一起。我到得很晚，只好在不受待见的前排落座。旁边是个留着黑头发的女孩子，细长眼睛，肤色很白，穿一条碎花裙子。见我在书包里翻来覆去找不到本子，她从自己的笔记本上撕下一张纸递了过来。

我想也没想就说了声谢谢，用中文。

她抿嘴一笑，也没说什么。

我又问："你从哪里来呀？"

她用英语回答："我听不懂中文。"

我大感尴尬，连连道歉。她不以为意，打趣道："你不是第一个。"

Jimin 是韩国人，来纽约三年一直在基督教会工作。丈夫是教会的牧师，有个一岁半的女儿。

她住在新泽西，每周只来学校一次。幼女放托儿所，下了实习就得接回来。因此时间对于 Jimin 来说，实在比真金还贵。我们平日见面很少，直到第二个暑假过完，两人在教学楼碰面，只见她小腹隆起，才知道她又有了身孕。

我是怀着女儿在波士顿读过书的，那通宵久坐赶论文导致背部压迫而产生的剧痛，至今记忆犹新。而生产后照料新生儿之千百万种琐碎事，让我不得不中止了当时的学业。

可 Jimin 没有。她照常应付哥大沉重的课业，继续每天开车接送女儿。她在小学当实习社工帮助困境儿童，周末则在教会服务。

她的二女儿在三月出生，正是毕业前最繁忙的时刻。我们约在下课后一同午餐，餐室就在学院旁边，中午几乎坐满了社工系的教授和学生。两人在一处拐角的小桌坐下，不约而同地点了最爱吃的 BiBimbap，Jimin 又叫了一杯 Espresso。

"不喂母乳了吗？"我问。

"嗯，既要上课，又要实习，就断了。"她说。刚出月子，她剪短了头发。

"大女儿有没有感到失落?"

"还好,她平日上幼儿园,有朋友和老师。可惜的是,"Jimin 皱了皱眉,"我先生被派到了新的教区,这就要搬过去。那个教会更大,收入更高,唯一的问题是学区里的公校特别差劲。B-!"

"什么,B-!"我吓了一跳。

"我自己就在 B- 的学校里做社工,可是,"她顿一顿,"我绝不会让自己的小孩去那种地方读书。"说完喝了一大口咖啡。

我也喝了一口,真苦。不知是不是忘记了加糖。

Bon Ha

第一次见到 Bon Ha 是在视频会议的摄像头里。我在曼哈顿唐人街实习第一天,恰逢暴雪来袭,同事们都在家远程工作。他是五个实习生里唯一的男孩子,染一头韩流金发,戴着耳环,背后的卧室墙上挂着一把吉他。

第二天他来上班,原来个头极小,又瘦,背影看去像个女孩子。

进屋便脱掉羽绒大衣，里面只穿了件白色短袖T恤，却露出了结实的肱三头肌。脚上的靴子一尘不染，不知是如何穿过唐人街脏臭的积雪。

是个富二代呢。我想。

他的名字很少见，我自从摆了Jimin的乌龙后便加倍小心，不敢造次。他倒自觉，语速飞快地介绍起来："韩裔，六岁来美国。妈妈是家庭主妇，爸爸是牧师，有一个哥哥患有自闭症。我们在家从来不说英语。"

末了又补充一句："我家很穷。"

让人张口结舌。

我们刚认识的时候，Bon Ha在纽约大学读心理学四年级。一年后他考上哥大社工系，成了我的师弟，主攻罪犯及精神病患的行为治疗。连续攻读纽约两所费用高昂的学府，他却没背一点贷款。

"全是奖学金。各种各样的。实习还有补助可拿。"他说。又指指桌上的苹果笔记本电脑，"这是我从学校租的。"

大家一起出去聚餐，他吃得节省，却会帮喝醉的朋友结账。回首尔探亲给我带了两支粉底液，用粉红色丝带系着蝴蝶结。后来他换了发色,比先前的更浅,灰白灰白的,我夸他时髦,Bon Ha 却答:"啊,超市里买的便宜货,我自己染的。结果搞砸了。"

他弹得一手好吉他,经常在 Youtube 上传视频,点赞的人挺多。却不是灰白头发的二十一岁小伙子会弹的那些摇滚曲目,而是乡村和古典的东西。表演的地方只有一个,他父亲的教会。

我跟他开玩笑:"你喜欢男人还是女人?"

他严肃地说:"如果我是同性恋,我爸可能会把我打死。"

餐厅里邻座的几位客人听见,纷纷侧目摇头,就像五十年前有人说自己是同性恋一样。

"我的意思是,虽然这不是自己能选择的,"他压低了声音,"但所有人都大叫 LGBT 的样子可真不怎么对劲。没人关心他们的艾滋病问题,也没人知道他们的生殖系统所遭到的损害对寿命的影响。对大多数人来说,这只是一场派对。"

Y.G.

Y.G. 和 Bon Ha 一样,都喜欢穿靴子,麂皮鞋面上没有一丝灰,配着深绿色的短袜。Y.G.是一名同性恋者。

他对我说：韩国男人水性杨花，在纽约同性恋者圈里恶名昭著，但除了我。

他生日那天，我送他一条粉红色的佩斯利纹领带，装在黑色盒子里，印着他的姓氏首字母。他喜欢得很，抱着我连亲了两下，晚上又发讯息过来：

"Eric说，这送礼的人不仅有品位，而且有钱。"

他的男朋友Eric是某著名大学IT部门的负责人，红头发高个儿，白净脸盘，蓄着斯文的胡须。有一次我在Y.G.家做客，碰见Eric回来，怀里捧着一束刚买的郁金香。他松开衬衣领口，卷起袖子，小心地把花插进花瓶，然后开始为大家做饭。屋里窗明几净，播放着巴赫的曲子，远处的哈德逊河静静流淌。

我用手肘顶一顶Y.G.："好男人呢。"

他回我一个"当然了"的表情。

Y.G.毕业那天，Eric的父母和妹妹都来参加典礼，一家人西装礼服，隆重其事。可Y.G.自己的父母却没有出现。他们无法面对这样的团聚。

"从小我的母亲一直很疼我,她只会因为一件事打我,那就是星期天我没去教堂。至于我的父亲,他至今不肯与我说话。只有哥哥,虽然无法理解,倒还可以一起抽支香烟。"坐在学校街角的意大利小馆里,他轻轻叹气。

"我曾经非常虔诚,要求所有朋友必须查经,必须祈祷。我希望一切能像从前一样,真的。没有家人的生活,实在太孤独了。"

刚好站在阳光里

一年前《周末画报》邀我写城市专栏，第一篇发去的稿子是纽约。当时的我坐在东亚图书馆窗前，遥望穿着蓝色硕士袍的学生们站在校门口合影。他们的脸上似乎发着光，让我也不禁停下笔微微笑了起来。

到时，我应该也会这样吧，我想。

然而当我成为这一幕的主角时，却忘记摆出演练了一百遍的表情，而是摘下帽子四处寻找等待着我的家人。远远地看见妈妈在喂女儿喝水，先生牵着儿子站在路边，他们被晒得满脸油光。他们四处张望，在一片拥挤的蓝色人潮中搜索着每个短发的中国面孔。终于他们发现我了，我清楚地看见，每个人脸上的疲惫和烦躁在那一刻似乎被猛烈的阳光驱散，孩子们像小鹿似的跑过来，眼睛亮晶晶的，妈妈的笑容里闪着光，正是一年前我隔着玻璃窗看到的那样。

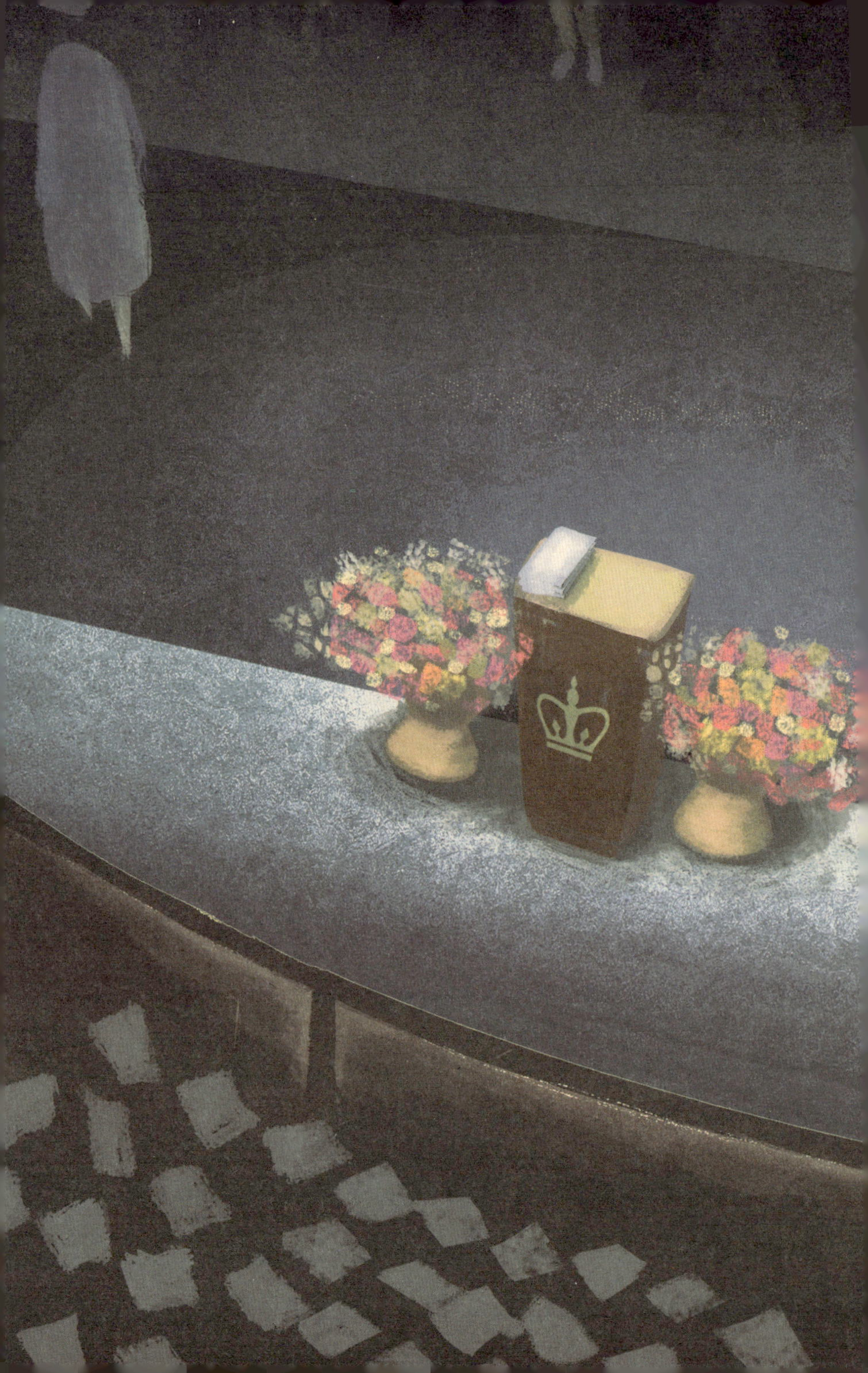

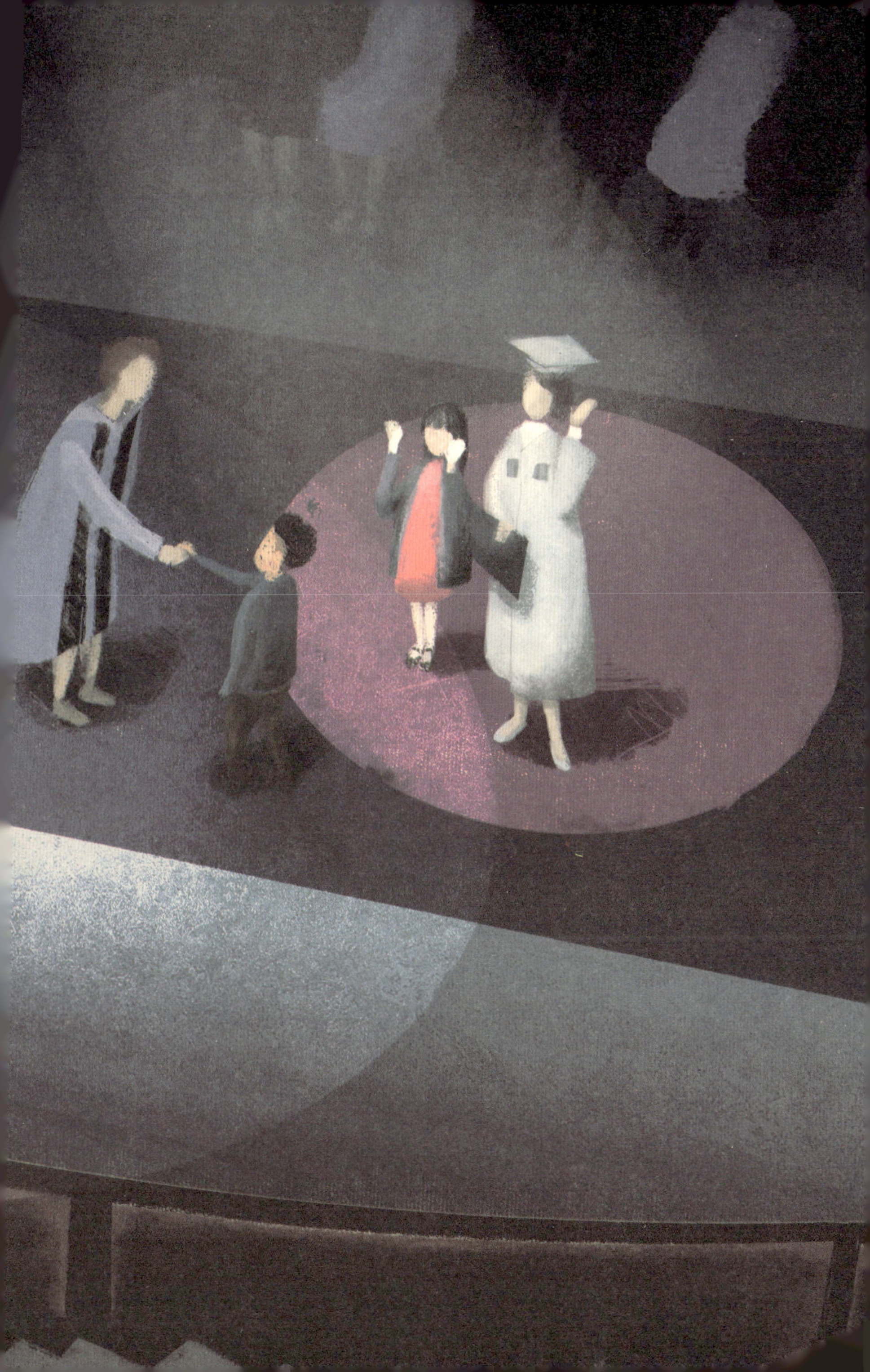

是让人不自觉微笑起来的表情。

今天我带着儿女一起上台，共同从院长手里接过毕业证书。儿子礼貌地与她握手，说："谢谢你女士。"全场吹起了口哨，同学们叫，Rock Didi!

在这迎来大结局的日子，与其被自己感动得涕泪纵横，我宁可放肆喝个痛快，因为第二天早上还要洗把脸送小孩上学。

近来我的纽约故事在社交网络上广泛传播，大家问：三十几岁的女人，带着两个孩子在学业繁重的哥大读书，同时还在联合国实习，你是怎么做到的？编辑姑娘们发来的采访提纲主要有以下几项：如何管理时间，如何平衡家庭，如何实现逆生长。真是让人抓耳挠腮，不知如何作答。

我不是一个野心勃勃、胸有成竹的人。既没有超群的天赋，也欠缺想要功成名就的兴趣。唯一可倚靠的，恐怕只是一颗强烈的自尊心罢了。因为讨厌混日子，才总是接手陌生的新工作，于是有了一张五花八门的履历；因为无法敷衍自己，所以临盆在即还站在波士顿的街头采访。即使丈夫比我更能干，我却不稀罕用他的光芒来点亮自己——就是这样的我，一边喂奶一边背单词，在上班的路上写论文。

其实哪有什么管理时间和平衡家庭的技巧，不过是勤工和忍耐而已。

然而我仍然成为了一碗鸡汤，让大家毫不犹豫地一饮而尽了。毕竟这用决心和努力把握人生的故事，一直是成功学多年唯一的主旋律，美国如此，中国也如此。

确实，在高度内在驱动的人眼里，任何事只要有清楚的目标，又有明确的手段，难度均基本为零。被情感操纵的头脑和无法控制口腹之欲的肉体都是软弱的表现。在美国，亚裔学生最反感种族话题，因为我们知道与其在街上振臂高呼，不如回家咬牙苦读。我们亦不会同情那些天天对着体重计捶胸顿足，手里却总拿一袋薯条的人，或者叫嚷着梦想，上班却只会玩手机的人。

直至来到哥伦比亚大学的社会工作学院。

第一节课教授让每个人写一篇短文，讲讲自己来纽约念书的感受，我的文章被退了回来，她在批语里写道：你的文章全是陈述，始终不谈自己的喜怒哀乐，请重写！

真是让人目瞪口呆，大概从小学三年级开始，我就不再以"今天很开心"来结尾作文了。作为新闻工作者，个人情感表达也是不专业的表现。

可教授不管，非让写。我现在还记得，自己当时五官扭曲地写下了"我感到愉快，又有点挣扎"这样的句子。

一切从那一刻开始发生变化。

我开始像小学生一样，重新学习写作。学习如何用最直白的词语写下自己的恐惧、脆弱，和从来不愿谈及的悲伤。时时感到写不下去，盯着屏幕上闪动的光标流下泪来。

每天在地铁里碰到过度肥胖的乘客，一屁股占掉我大半个座位。可有一天我侧开半个身子，让她更舒服地坐下来。她道了谢，摘下脖子上的工牌，从包里拿出一个干瘪的汉堡吃起来。

在儿子上兴趣班的社区中心里，晚上六点总是剩下十几个孩子没人接，全是黑人。他们的家长来去匆匆，表情冷淡。这一天我终于鼓起勇气与他们搭腔，得知大人们都在很远的地方上班，便利店、餐馆、药房等等。不少是单亲家庭。有的妈妈上通宵夜班，只因为小时工资比较高。

我渐渐知道，他们并非不愿意跑步，而是没时间。在柜台站了十个小时后筋疲力尽，还要接小孩，只能在路边买个便宜的炸鸡裹腹。常常坐在我家门口的高二男孩说："我知道快餐不健康，应该多吃沙拉寿司什么的，但好贵，又不经饿。"他不打算读大学，因为老妈有糖尿病，弟弟妹妹还小。

我说大学有奖学金的。他说不，他现在只需要一份全职工作，仅此而已。脸上并没有遗憾的表情。

我想象得到他成为一名邮递员，穿着蓝色制服挨家挨户送信的模样，或者站在柜台后为顾客打包洗碗液的情形。他不会坐在优美的巴特勒图书馆研读天体物理。

我并不为他感到惋惜。这是理智头脑做出的判断，也没有人比他更有权力决定自己的未来。

每个人都在拼尽全力地生活。没有人是懒，是蠢，是自我放纵，不愿上进，故意把生活越过越糟。

我亦渐渐知道，有些事，即使有清楚的目标，又有明确的手段，剩下的也远不止努力。比如，我们欢迎所有年轻人来联合国参加会议，但你至少要有一套考究的西装。

也不是每个人都非得有什么理想，读个好找工作的专业，为家人换座大房子。如此不成为社会的负担，已是值得尊重的人生。

把我送进哥大的无非是不为钱所困的幸运而已。祖父的家教，母亲的见识，夫家的开明，共同塑造了今天的我。我便是一朵小花，刚好长在充沛的阳光下，每日和风迎面，时有雨露滋养，只管尽情生长。这样的盛开其实没什么了不起。

大多数的人却站在一片遮天蔽日的密林之中，头上不辨南北，脚下步步惊心。他们腿上绑着铅块，口袋里却只有不多的干粮和水。愿意冒着风险摸索方向的少数人当中，只有万分之一最终找到了出路。对大多数不被幸运眷顾的人来说，最安全的选择是坐在原地享受此刻的温饱。

我希望能用自己的幸运，让这个世界不再需要那么多幸运。

这顶二百六十年的皇冠不仅能让人登上顶峰，也让我成为他人脚下的路。

怎么感谢你都不足够。但我知道对你最好的致谢，便是继续履行今日我们所作的承诺：

我重申我的承诺，促进个人、组织和社会福祉，关注弱势的、被压迫的、生活在贫困之中的人们。我承诺将努力实现社会的公正与公平。我将持续地深入洞察自我的意识，了解自己的信念、态度、行为及背后的成因，理解社会和历史背景的重要性，尊重多样性和差异性。

就这样吧。
抬头永见天空蓝。

后 记

不太好的好运

许多人从来没拿过第一名，连小学兴趣班的画画比赛也只能拿优秀奖的，我就是其中之一。多年来我的成绩好似被施了咒，大小考试总是排第六名。甚至有一次押中了考题，居然也进不了前五。

一开始是很盼望夺个第一的，随便什么比赛、考试都行，哪怕是跳绳比赛呢！不为别的，就是好奇——哎，会有多开心呢？应该能开心很久吧，可以心安理得地生活一段时间吧？

彼时的家长头顶没有高房价，不如今日焦虑，没有外力的鞭策，获胜便只能靠意志和运气。然而在一张卷子和一本《笑傲江湖》之间，我那顽强的意志每次选的都是后者。于是把功夫都放在提升运气上，开始在各种蛛丝马迹里寻找神谕——笔仙、塔罗牌、撕花瓣、数斑马线，乃至厕所卷纸的格子，无所不用其极。心情急迫时，还要植入幸运数字和颜色以放大胜率。

最后终于感动了苍天。我总算拿了第四名，原因是高三分班，以前的第一和第二都去了物理班。

这已是我的史上最佳战绩。

我至今没有一座奖杯可供父母摆在客厅欣赏,也没有代表集体上台发言这样的荣誉。

让我彻底放弃这股好奇心的,是第一次恋爱的时候。临近高考,耳目通天的班主任不但未加阻拦,反倒把我拿来举例:要拍拖便应像她,从不影响成绩才行啊。

那时我开始懂了,压在山脚固然倒霉,可站在山顶,许多插曲也一样不会奏响。不上不下,不好不坏,虽然寂寞,却是自由的。因为这里无人关心,就像一个冷僻而干净的角落里的一台稳定而从不发出噪音的机器,没有人会来找你的麻烦。

这世界算不得公正,可时间却是公平的。太空站里的宇航员,即便看到的日出不同,可他的24小时仍然只有1440分钟。市值最大的公司并不会因为报税单上的数字而比街角馄饨店获得更多工作日。美人的青春不会因她套利多而比凡人消逝得更快,富翁的寿命也未必像某些人期待的那样比你我更短。

在这绝对的客观里,如何让时间站在自己一边,发出"啊,这一刻真好"的感叹,是我所期待的。

然而随着岁月流逝,这样的感叹只能越来越少了。小孩平安到家,走进会议室对方会站起身来迎接,以及一段关系走进第十年,每一刻都是努力过的结果,都是用有限生命中一去不返的时间不打一分折扣地去换回。虽然不再有考试和名次,却仍然不懂究竟要获得什么才可以心安理得地生活一段时间。

年轻时听旁人议论,说我是个很清楚知道自己要什么、目的明确的人。这大抵是人们对略有姿色而智商正常的女性持有的普遍偏见,就像单亲家庭的孩子一定有心灵创伤一样,属于一种言情小说式迷信。事实上,我最怕被问的问题就是,五年后希望自己是个什么样子。

如果现在就知道,哪里还有活下去的兴趣。

虽然不再有考试和名次,我依然喜欢用可以发呆的工夫去做几件蠢事。就像小时候玩的水枪,费劲地泵上满满一箱水,这才扣动扳机一股脑喷射出去;又像那高高的滑梯,气喘吁吁爬得上去,只为那片刻极短的开怀。爬上滑梯的辛苦,和滑下瞬间的快乐,究竟哪一个才是最后的墓志铭,每个人的想法不尽相同。

时间有时会心软,奖励自己午后骑着自行车买一杯冷饮,累了的时候,未必要给自己打气,就任由大雨把自己淋得落汤鸡一般,也是勇敢的。或者像我眼下此刻,安顿好发着烧的孩子,与海上的星火相伴,写几句无关明天的闲话。

我没有受过文学专业的训练,也从未靠写作谋生,因此一直有些不思进取,但凡困了、累了、吃得太饱、电视剧太好看,都会吸引我的注意力。直到赵萍老师来信说,想怎么写便怎么写,我等你。

谢谢每一位读者,谢谢人民文学出版社,近在咫尺不相识,远在天涯为知己。